十八家诗钞

◎经典普及版◎

第一册

曾国藩 纂

上海大学出版社
·上海·

图书在版编目(CIP)数据

十八家诗钞：经典普及版／（清）曾国藩纂.-- 上海：上海大学出版社，2024.10
  ISBN 978-7-5671-4915-1

Ⅰ.①十… Ⅱ.①曾… Ⅲ.①古典诗歌－诗集－中国 Ⅳ.①I222.72

中国国家版本馆CIP数据核字（2024）第023088号

统　　筹　戴骏豪　傅玉芳　庄际虹
责任编辑　贾素慧
装帧设计　刘治治
美术编辑　柯国富
技术编辑　金　鑫　钱宇坤

十八家诗钞

（经典普及版）

曾国藩　纂

上海大学出版社出版发行
（上海市上大路99号　邮政编码200444）
（https://www.shupress.cn　发行热线021-66135112）
出版人　余　洋

*

南京展望文化发展有限公司排版
上海雅昌艺术印刷有限公司印刷　各地新华书店经销
开本710mm×960mm　1/16　印张218.25　字数2 451千
2024年10月第1版　2024年10月第1次印刷
ISBN 978-7-5671-4915-1/I·698　定价　800.00元（全十册）

版权所有　侵权必究
如发现本书有印装质量问题请与印刷厂质量科联系
联系电话：021-31069579

出版说明

一、本书以同治十三年（1874）传忠书局《十八家诗钞》为底本，标点整理。

二、本书以通行规范汉字排版，繁体字、异体字等均改为规范汉字（专名不改）。

三、本书整理时，省略了底本卷首"湘乡曾国藩纂　合肥李鸿章审订　东湖王定安校"、卷末"善化黄维申襄校"；对底本正文中的双行细字夹注，编以序号移至诗后，以〔一〕，〔二〕，〔三〕……标示。为便于阅读，另加简明注释，主要对生僻字词、多音字等注音或释义，以①，②，③……标示。

四、本书整理者具体分工如下：田晓婧（卷一至卷四），张玉梅、王同朝（卷五、卷六），王功清（卷七、卷八），王路正（卷九至卷十一），田明娟（卷十二、卷十三、卷十六），刘玉伟（卷十四、卷十五），张雨涛（卷十七至卷二十、卷二十三），陈必欢（卷二十一、卷二十二），王倩（卷二十四、卷二十五、卷二十八），林怡婷（卷二十六、卷二十七）。

五、参与本书编辑工作的有陈荣、陈叶、贺俊逸、司淑娴、夏安、徐雁华、严妙、颜颖颖、邹亚楠、张淑娜等。

六、本书的整理出版难免有错误及不当之处，敬请读者批评指正。

总目录
CONTENTS

第一册

卷一 / 0009

曹子建五古·五十五首 / 0011

阮嗣宗五古·八十二首 / 0045

卷二 / 0079

陶渊明五古·一百十四首 / 0081

谢康乐五古·六十五首 / 0145

卷三 / 0191

鲍明远五古·一百三十一首 / 0193

谢玄晖五古·一百十八首 / 0267

第二册

卷四 / 0337

李太白五古上·二百九首 / 0339

卷五 / 0461

李太白五古中·一百五十三首 / 0463

卷六 / 0579

李太白五古下·一百九十八首 / 0581

第三册

卷七 / 0691

杜工部五古上·一百六十八首 / 0693

卷八 / 0817

杜工部五古下·九十五首 / 0819

卷九 / 0921

韩昌黎五古·一百四十二首 / 0923

第四册

卷十 / 1073

李太白七古·一百五十七首 / 1075

卷十一 / 1183
杜工部七古·一百四十六首 / 1185

卷十二 / 1285
韩昌黎七古·七十八首 / 1287
白香山七古·五十首 / 1345

第五册

卷十三 / 1403
白香山七古下·六十四首 / 1405
苏东坡七古上·七十四首 / 1451

卷十四 / 1501
苏东坡七古中·一百三十四首 / 1503

卷十五 / 1593
苏东坡七古下·一百二十首 / 1595

第六册

卷十六 / 1685
黄山谷七古·一百六十五首 / 1687

卷十七 / 1795
王右丞五律·一百四首 / 1797
孟襄阳五律·一百三十八首 / 1849
李太白五律·一百首 / 1915

第七册

卷十八 / 1979

杜工部五律上·二百九十七首 / 1981

卷十九 / 2103

杜工部五律下·三百四首 / 2105

卷二十 / 2229

杜工部七律·一百五十首 / 2231

李义山七律·一百十七首 / 2303

杜牧之七律·五十五首 / 2365

第八册

卷二十一 / 2415

苏东坡七律上·二百五十八首 / 2417

卷二十二 / 2519

苏东坡七律下·二百八十二首 / 2521

卷二十三 / 2641

黄山谷七律·二百八十六首 / 2643

第九册

卷二十四 / 2781

陆放翁七律上·三百六十二首 / 2783

卷二十五 / 2949

陆放翁七律下·一百九十二首 / 2951

元遗山七律·一百六十二首 / 3033

第十册

卷二十六 / 3117

李太白七绝·七十九首 / 3119

杜工部七绝·一百五首 / 3143

苏东坡七绝上·二百三首 / 3169

卷二十七 / 3215

苏东坡七绝下·二百三十五首 / 3217

陆放翁七绝上·一百七十首 / 3277

卷二十八 / 3323

陆放翁七绝下·四百八十二首 / 3325

目 录

卷一 / 0009

曹子建五古·五十五首 / 0011

箜篌引 / 0013	驱车篇 / 0028
薤露行 / 0013	种葛篇 / 0029
惟汉行 / 0014	弃妇篇 / 0029
鰕䱉篇 / 0015	公宴诗 / 0030
吁嗟篇 / 0015	赠徐干 / 0031
豫章行二首 / 0016	赠丁仪 / 0032
蒲生行浮萍篇 / 0017	赠王粲 / 0032
野田黄雀行 / 0018	又赠丁仪、王粲 / 0033
门有万里客 / 0018	赠丁翼 / 0034
泰山梁甫行 / 0019	赠白马王彪七首 / 0034
怨歌行 / 0019	送应氏诗二首 / 0037
名都篇 / 0020	三良诗 / 0038
当欲游南山行 / 0021	游仙诗 / 0039
美女篇 / 0021	杂诗六首 / 0039
白马篇 / 0022	闺情 / 0042
升天行二首 / 0023	七哀诗 / 0042
五游篇 / 0024	情诗 / 0043
远游篇 / 0024	喜雨诗 / 0043
仙人篇 / 0025	七步诗 / 0044
斗鸡篇 / 0026	失题 / 0044
盘石篇 / 0027	

阮嗣宗五古·八十二首 / 0045

咏怀八十二首 / 0047

卷二 / 0079

陶渊明五古·一百十四首 / 0081

形影神三首 / 0083
九日闲居 / 0085
归园田居五首 / 0086
游斜川 / 0088
示周续之祖企谢景夷三郎 / 0089
乞食 / 0090
诸人共游周家墓柏下 / 0090
怨诗楚调示庞主簿邓治中 / 0091
答庞参军 / 0091
五月旦作和戴主簿 / 0092
连雨独饮 / 0093
移居二首 / 0094
和刘柴桑 / 0095
酬刘柴桑 / 0095
和郭主簿二首 / 0096
于王抚军座送客 / 0097
与殷晋安别 / 0098
赠羊长史 / 0098
岁暮和张常侍 / 0099
和胡西曹示顾贼曹 / 0100
悲从弟仲德 / 0101
始作镇军参军经曲阿 / 0101
庚子岁五月中从都还阻风于规林二首 / 0102
辛丑岁七月赴假还江陵夜行途口 / 0103
癸卯岁始春怀古田舍二首 / 0104
癸卯岁十二月中作与从弟敬远 / 0105
乙巳岁三月为建威参军使都经钱溪 / 0106
还旧居 / 0106
戊申岁六月中遇火 / 0107
己酉岁九月九日 / 0108
庚戌岁九月中于西田获早稻 / 0108
丙辰岁八月中于下潠田舍获 / 0109
责子 / 0110
有会而作 / 0111
蜡日 / 0111
饮酒二十首 / 0112
止酒 / 0120
述酒 / 0121
拟古九首 / 0122
杂诗十二首 / 0126
咏贫士七首 / 0131
咏二疏 / 0134
咏三良 / 0135
咏荆轲 / 0135
读《山海经》十三首 / 0136
拟挽歌辞三首 / 0141
桃花源诗 / 0143

谢康乐五古·六十五首 / 0145

述祖德诗二首 / 0147
九日从宋公戏马台集送孔令 / 0148
从游京口北固应诏 / 0149

永初三年七月十六日之
　郡初发都 / 0150
邻里相送至方山 / 0151
过始宁墅 / 0152
富春渚 / 0153
七里濑 / 0153
晚出西射堂 / 0154
登池上楼 / 0155
游南亭 / 0155
游赤石进帆海 / 0156
登江中孤屿 / 0157
登永嘉绿嶂山诗 / 0157
郡东山望溟海诗 / 0158
游岭门山诗 / 0159
石室山诗 / 0159
登上戍石鼓山诗 / 0160
行田登海口盘屿山 / 0160
白石岩下径行田 / 0161
斋中读书 / 0161
命学士讲书 / 0162
种桑诗 / 0163
初去郡 / 0163
田南树园激流植援 / 0164
石壁精舍还湖中作 / 0165
登石门最高顶 / 0166
石门新营所住四面高山回溪石
濑茂林修竹 / 0166
于南山往北山经湖中瞻
　眺 / 0167
从斤竹涧越岭溪行 / 0168
过白岸亭诗 / 0169
夜宿石门诗 / 0169
南楼中望所迟客 / 0170
庐陵王墓下作 / 0170
还旧园作见颜范二中书 / 0171
酬从弟惠连五首 / 0173
登临海峤初发强中作与
　从弟惠连见羊何其和
　之四首 / 0174
初发石首城 / 0175
入东道路诗 / 0176
道路忆山中 / 0177
入彭蠡湖口 / 0178
入华子冈是麻源第三谷 / 0178
登归濑三瀑布望两溪 / 0179
初往新安桐庐口 / 0180
拟魏太子邺中集诗八首 / 0180
石壁立招提精舍 / 0186
过瞿溪山僧 / 0186
七夕咏牛女 / 0187
彭城宫中直感岁暮 / 0187
会吟行 / 0188

卷三 / 0191

鲍明远五古·一百三十一首 / 0193

采桑 / 0195
代蒿里行 / 0196
代挽歌 / 0196
代东门行 / 0197
代放歌行 / 0197
代陈思王京洛篇二首 / 0198
代门有车马客行 / 0200
代櫂歌行 / 0200

代白头吟 / 0201
代东武吟 / 0202
代别鹤操 / 0203
代出自蓟北门行 / 0203
代陆平原君子有所思行 / 0204
代悲哉行 / 0205
代陈思王白马篇 / 0205
代升天行 / 0206
松柏篇 / 0207
代苦热行 / 0209
代朗月行 / 0210
代堂上歌行 / 0211
代结客少年场行 / 0211
扶风歌 / 0212
代少年时至衰老行 / 0212
代阳春登荆山行 / 0213
代贫贱苦愁行 / 0213
代边居行 / 0214
代邽街行 / 0215
萧史曲 / 0215
侍宴覆舟山二首 / 0216
从拜陵登京岘 / 0216
蒜山被始兴王命作 / 0217
登庐山 / 0218
登庐山望石门 / 0218
从登香炉峰 / 0219
从庾中郎游园山石室 / 0220
登翻车岘 / 0221
登黄鹤矶 / 0221
登云阳九里埭 / 0222
自砺山东望震泽 / 0222
三日游南苑 / 0222
赠故人马子乔六首 / 0223
答客 / 0225
和王丞 / 0225

日落望江赠荀丞 / 0226
秋日示休上人 / 0226
答休上人 / 0227
吴兴黄浦亭庾中郎作 / 0227
与伍侍郎别 / 0228
送别王宣城 / 0228
送从弟道秀别 / 0229
赠傅都曹别 / 0229
和傅大农与僚故别 / 0230
送盛侍郎饯候亭 / 0230
与荀中书别 / 0231
从过旧宫 / 0231
从临海王上荆初发新渚 / 0232
还都道中三首 / 0233
上浔阳还都道中 / 0234
还都至三山望石头城 / 0235
还都口号 / 0235
行京口至竹里 / 0236
发后渚 / 0237
岐阳守风 / 0237
发长松遇雪 / 0238
咏史 / 0238
蜀四贤咏 / 0239
拟古 / 0239
绍古辞七首 / 0243
学古 / 0245
古辞 / 0246
拟青青陵上柏 / 0246
学刘公干体五首 / 0247
拟阮公夜中不能寐 / 0248
学陶彭泽体 / 0249
白云 / 0249
临川王服竟还田里 / 0250
行药至城东桥 / 0250
园中秋散 / 0251

观圃人艺植 / 0251
遇铜山掘黄精 / 0252
见卖玉器者 / 0253
怀楚人 / 0253
梦归乡 / 0254
春羁 / 0254
岁暮悲 / 0255
在江陵叹年伤老 / 0255
夜听妓 / 0256
玩月城西门廨中 / 0256
喜雨 / 0257
苦雨 / 0258
咏白雪 / 0258

三日 / 0259
咏秋 / 0259
秋夕 / 0260
秋夜二首 / 0260
和王护军秋夕 / 0261
和王义兴七夕 / 0262
冬至 / 0262
冬日 / 0262
望水 / 0263
望孤石 / 0263
山行见孤桐 / 0264
咏双燕二首 / 0264

谢玄晖五古·一百十八首 / 0267

隋王鼓吹曲十首 / 0269
蒲生行 / 0273
咏邯郸才人嫁为厮养卒
　　妇 / 0273
鼓吹曲二首同沈右率诸
　　公赋 / 0274
秋竹曲 / 0274
曲池水 / 0275
铜雀台同谢谘议赋 / 0275
游山 / 0276
游敬亭山 / 0277
将游湘水寻句溪 / 0277
游东田 / 0278
答王世子 / 0278
答张齐兴 / 0279
暂使下都夜发新林至京
　　邑赠西府同僚 / 0280
酬晋安王德元 / 0280
郡内高斋闲望答吕法曹 / 0281
在郡卧病呈沈尚书 / 0282

别王丞僧孺 / 0282
同羁夜集 / 0283
新亭渚别范零陵云 / 0283
忝役湘州与宣城吏民别 / 0284
怀故人 / 0284
始之宣城郡 / 0285
之宣城郡出新林浦向板
　　桥 / 0286
休沐重还丹阳道中 / 0286
京路夜发 / 0287
晚登三山还望京邑 / 0287
始出尚书省 / 0288
直中书省 / 0289
观朝雨 / 0290
宣城郡内登望 / 0290
冬日晚郡事隙 / 0291
高斋视事 / 0292
冬绪羁怀示萧谘议虞田
　　曹刘江二常侍 / 0292
落日怅望 / 0293

赛敬亭山庙喜雨 / 0293
赋贫民田 / 0294
移病还园示亲属 / 0295
治宅 / 0296
秋夜讲解 / 0296
春思 / 0297
秋夜 / 0297
和何议曹郊游二首 / 0298
和刘西曹望海台 / 0298
和宋记室省中 / 0299
和王著作融八公山 / 0299
和伏武昌登孙权故城 / 0300
夏始和刘屐陵 / 0302
新治北窗和何从事 / 0302
和王主簿季哲怨情 / 0303
和徐都曹出新亭渚 / 0304
和刘中书 / 0304
赠王主簿二首 / 0305
和萧中庶直石头 / 0306
奉和竟陵王同沈右率过
　刘先生墓 / 0307
和王长史卧病 / 0307
和江丞北戍琅邪城 / 0308
和沈祭酒行园 / 0308
奉和隋王殿下十六首 / 0309
和纪参军服散得益 / 0313
和王中丞闻琴 / 0314
将发石头上烽火楼 / 0314

望三湖 / 0315
送江水曹还远馆 / 0315
送江兵曹、檀主簿、朱
　孝廉还上国 / 0315
临溪送别 / 0316
后斋迥望 / 0316
与江水曹至干滨戏 / 0316
答沈右率诸君饯别 / 0317
离夜同江丞王常侍作 / 0317
祀敬亭山庙 / 0317
出下馆 / 0318
落日同何仪曹煦 / 0318
夜听妓二首 / 0319
咏蔷薇 / 0319
咏蒲 / 0320
咏兔丝 / 0320
游东堂咏桐 / 0320
杂咏三首 / 0321
同咏乐器得琴 / 0322
同咏坐上玩器得乌皮隐
　几 / 0322
同咏坐上所见一物得席 / 0323
咏竹火笼 / 0323
咏风 / 0323
咏竹 / 0324
咏落梅 / 0324
咏墙北栀子 / 0325

卷一

曹子建五古

―

五十五首

箜篌引[一]

置酒高殿上,亲友从我游。
中厨办丰膳,烹羊宰肥牛。
秦筝何慷慨,齐瑟和且柔。
阳阿奏奇舞,京洛出名讴。
乐饮过三爵,缓带倾庶羞。
主称千金寿,宾奉万年酬。
久要不可忘,薄终义所尤。
谦谦君子德,磬折欲何求。
惊风飘白日,光景驰西流。
盛时不可再,百年忽我遒。
生存华屋处,零落归山丘。
先民谁不死,知命复何忧。

〔一〕《乐府诗集》题曰《黄雀行》。　〇气势。此篇言盛时难恃,乐不可极,其末归于知命而无忧也。

薤露①行[一]

天地无穷极,阴阳转相因。
人居一世间,忽若风吹尘。
愿得展功勤,输力于明君。
怀此王佐才,慷慨独不群。

鳞介尊神龙，走兽宗麒麟。
虫兽犹知德，何况于士人。
孔氏删诗书，王业粲已分。
骋我径寸翰，流藻垂华芬。

〔一〕《乐府解题》云：曹植拟《薤露行》为《天地》。国藩按，《薤露》《蒿里》，并丧歌也，亦谓之挽歌。

① 薤（xiè）露：汉乐府古题名。

惟汉行〔一〕

太极定二仪，清浊始以形。
三光照八极，天道甚著明。
为人立君长，欲以遂其生。
行仁章以瑞，变故诚骄盈。
神高而听卑，报若响应声。
明主敬细微，三季瞢①天经。
二皇称至化，盛哉唐虞廷。
禹汤继厥②德，周亦致太平。
在昔怀帝京，日昃③不敢宁。
济济在公朝，万载驰其名。

〔一〕魏武帝《薤露》诗云：惟汉二十世，所任诚不良。○此篇下有《平陵东》，以长短句近七古，不录。

① 瞢（méng）：目不明，此处形容昏庸。② 厥（jué）：其；他的，他们的。③ 日昃（zè）：太阳西斜。

鰕䱇①篇〔一〕

鰕䱇游潢潦，不知江海流。
燕雀戏藩柴，安识鸿鹄游。
世士此诚明，大德固无俦②。
驾言登五岳，然后小陵丘。
俯观上路人，势利惟是谋。
雠③高念皇家，远怀柔九州。
抚剑而雷音，猛气纵横浮。
汎泊④徒嗷嗷，谁知壮士忧。

〔一〕一曰《鰕鳝篇》。《乐府解题》云：曹植拟《长歌行》为《鰕䱇》。国藩按，《乐府解题》谓《长歌行》者，以芳华不久，当努力行乐，无至老大乃伤悲也。此则有远志，而思立功于世者，殊与《长歌行》不类。

① 鰕䱇（xiā shàn）：鰕同"虾"，䱇同"鳝"，此处比喻目光短浅的俗士。② 俦（chóu）：伴侣；同类。③ 雠（chóu）：与"酬"相通，指相应的回报。④ 汎（fàn）泊：飘荡的样子。

吁嗟篇〔一〕

吁嗟此转蓬，居世何独然。
长去本根逝，宿夜无休闲。
东西经七陌，南北越九阡。
卒遇回风起，吹我入云间。
自谓终天路，忽然下沉渊。
惊飙接我出，故归彼中田。

当南而更北,谓东而反西。
宕宕当何依,忽亡而复存。
飘摇周八泽,连翩历五山。
流转无恒处,谁知吾苦艰。
愿为中林草,秋随野火燔。
糜灭岂不痛,愿与根荄①连。

〔一〕《选诗拾遗》作《瑟调·飞蓬篇》。《乐府解题》云:曹植拟《苦寒行》为《吁嗟》。《魏志》云:植每欲求别见,独谈及时政,幸冀试用,终不能得。时法制待藩国峻迫,植十一年而三徙都,常汲汲无欢。　○情韵。

① 荄(gāi):草根。

豫章行二首〔一〕

穷达难豫图,祸福信亦然。
虞舜不逢尧,耕耘处中田。
太公未遭文,渔钓终渭川。
不见鲁孔丘,穷困陈蔡间。
周公下白屋,天下称其贤。

〔一〕《乐府解题》云:曹植拟《豫章行》为《穷达》。　○言贤才得知己而用之,则达则福;无知己而弃之,则穷则祸。

鸳鸯自朋亲,不若比翼连。
他人虽同盟,骨肉天性然。
周公穆康叔,管蔡则流言。
子臧①让千乘,季札②慕其贤。

① 子臧：春秋时期曹宣公之子，著名节士，有让国之贤。② 季札：春秋时吴公子季札，也曾推让王位，并说："札虽不才，愿附于子臧之义。"

蒲生行浮萍篇[一]

浮萍寄清水，随风东西流。
结发辞严亲，来为君子仇。
恪勤在朝夕，无端获罪尤。
在昔蒙恩惠，和乐如瑟琴。
何意今摧颓，旷若商与参①。
茱萸自有芳，不若桂与兰。
新人虽可爱，无若故所欢。
行云有反期，君恩倘中还。
慊慊②仰天叹，愁心将何愬③。
日月不恒处，人生忽若寓。
悲风来入怀，泪下如垂露。
发箧④造裳衣，裁缝纨与素。

〔一〕《塘上行》或以为魏武帝所作，或以为文帝妻甄后所作。叹以谗诉见弃。此篇之意亦同。　〇此下有《日苦短篇》《丹霞蔽日行》，以长短句近七古，未录。

① 参（shēn）：参宿，处西方之位，与处东方之位的商宿此出彼没。② 慊慊（qiàn）：心不满意的样子。③ 愬（sù）：同"诉"，叙说。④ 箧（qiè）：竹箱。

野田黄雀行[一]

高树多悲风,海水扬其波。
利剑不在掌,结友何须多。
不见篱间雀,见鹞自投罗。
罗家得雀喜,少年见雀悲。
拔剑捎①罗网,黄雀得飞飞。
飞飞摩②苍天,来下谢少年。

〔一〕《乐府诗集》此章与前《箜篌引》,并题曰《野田黄雀行》,而辞意少异。

① 捎:除去。② 摩:接近。

门有万里客[一]

门有万里客,问君何乡人。
褰①裳起从之,果得心所亲。
挽裳对我泣,太息前自陈。
本是朔方士,今为吴越民。
行行将复行,去去适西秦。

〔一〕《门有车马客》,其客多叙市朝迁变、朋旧凋落之事。此《门有万里客》,其客自叙行役之苦。

① 褰(qiān):撩起,揭起。

泰山梁甫①行

八方各异气,千里殊风雨。
剧②哉边海民,寄身于草野。
妻子象禽兽,行止依林阻。
柴门何萧条,狐兔翔我宇。

① 梁甫:又名梁父,泰山下的小山。② 剧:艰苦。

怨歌行〔一〕

为君既不易,为臣良独难。
忠信事不显,乃有见疑患。
周公佐成王,金縢①功不刊②。
推心辅王室,二叔③反流言。
待罪居东国,泣涕常流连。
皇灵大动变,震雷风且寒。
拔树偃④秋稼,天威不可干。
素服开金縢,感悟求其端。
公旦⑤事既显,成王乃哀叹。
吾欲竟此曲,此曲悲且长。
今日乐相乐,别后莫相忘。

〔一〕《伎录》《乐府解题》作古辞,郭茂倩《乐府》作曹植。○子建盖以周公自喻。

① 金縢(téng):古代指用金属制的带子将收藏书契的柜封

存。② 不刊：不容更动和改变。③ 二叔：指管叔姬鲜和蔡叔姬度。二人怀疑周公旦要篡夺王位，故到处散布流言。④ 偃（yǎn）：倒伏。⑤ 公旦：指周公姬旦。

名都篇〔一〕

名都多妖女①，京洛出少年。
宝剑值千金，被服丽且鲜。
斗鸡东郊道，走马长楸②间。
驰骋未能半，双兔过我前。
揽弓捷鸣镝③，长驱上南山。
左挽因右发，一纵两禽连。
余巧未及展，仰手接飞鸢。
观者咸称善，众工归我妍。
归来宴平乐，美酒斗十千。
脍鲤臇④胎鰕，炮〔二〕鳖炙熊蹯⑤。
鸣俦⑥啸匹侣，列坐竟长筵。
连翩击鞠壤⑦，巧捷惟万端。
白日西南驰，光景不可攀。
云散还城邑，清晨复来还。

〔一〕《歌录》云：《名都》《美女》《白马》，并《齐瑟行》也，皆以首句名篇。《乐府诗集》曰：以刺时人骑射之妙，游骋之乐，而无忧国之心也。　〔二〕炮，一作寒。　○气势。

① 妖女：艳丽的女子。② 楸（qiū）：楸树。③ 镝（dí）：箭头，泛指箭。④ 臇（juǎn）：汁少的肉羹。⑤ 蹯（fán）：兽类的脚掌。⑥ 鸣俦：呼朋引类。⑦ 鞠壤（jū rǎng）：鞠和壤。古代两种游戏用具。

当欲游南山行

东海广且深,由卑下百川。
五岳虽高大,不逆垢与尘。
良木不十围,洪条无所因。
长者能博爱,天下寄其身。
大匠无弃材,船车用不均。
锥刀各异能,何所独却前。
嘉善而矜①愚,大圣亦同然。
仁者各寿考,四坐咸万年。

① 矜(jīn):怜悯;同情。

美女篇

美女妖且闲,采桑歧路间。
柔条纷冉冉,落叶何翩翩。
攘①袖见素手,皓腕约金环。
头上金爵钗,腰佩翠琅玕②。
明珠交玉体,珊瑚间木难③。
罗衣何飘摇,轻裾随风还。
顾盼遗光彩,长啸气若兰。
行徒用息驾,休者以忘餐。
借问女安居,乃在城南端。
青楼临大路,高门结重关。

容华耀朝日，谁不希④令颜。

媒氏何所营，玉帛不时安。

佳人慕高义，求贤良独难。

众人徒嗷嗷，安知彼所观。

盛年处房室，中夜起长叹。

○气势。美女如此容华，而安于义命，不轻于求遇合，以喻士不求苟达也。

① 攘（rǎng）：捋。② 琅玕（láng gān）：似珠玉般的美石。③ 木难：宝珠名，又写作"莫难"。④ 希：仰慕，企求。

白马篇

白马饰金羁，连翩西北驰。

借问谁家子，幽并游侠儿。

少小去乡邑，扬声沙漠垂。

宿昔秉良弓，楛矢①何参差。

控弦破左的，右发摧月支②。

仰手接飞猱③，俯身散马蹄。

狡捷过猴猿，勇剽若豹螭④。

边城多警急，胡虏数迁移。

羽檄从北来，厉马登高堤。

长驱蹈匈奴，左顾陵鲜卑。

弃身锋刃端，性命安可怀。

父母且不顾，何言子与妻。

名编壮士籍，不得中顾私。

捐躯赴国难,视死忽如归。

○气势。此亦《求自试表》中之意。

① 楛(hù)矢:用楛木做杆的箭。② 月支:一种箭靶。③ 飞猱(náo):善于攀援腾跃的猿。④ 螭(chī):传说中没有角的龙。

升天行二首[一]

乘蹻①追术士,远之蓬莱山。
灵液飞素波,兰桂上参天。
玄豹游其下,翔鹍②戏其颠。
乘风忽登举,仿佛见众仙。

[一]《乐府解题》云:曹植又有《上仙箓》与《神游》《五游》《龙欲升天》等篇,皆伤人世不永,俗情险艰,当求神仙翱翔六合之外,与《飞龙》《仙人》《远游篇》《前缓声歌》同意。

① 乘蹻:道家所谓飞行之术。② 鹍(kūn):传说中像鹤的一种鸟。

扶桑之所出,乃在朝阳溪。
中心陵苍昊①,布叶盖天涯。
日出登东干,既夕没西枝。
愿得纡阳辔②,回日使东驰。

① 苍昊:苍天。② 阳辔(pèi):借指日车。

五游篇

九州不足步,愿得凌云翔。
逍遥八纮①外,游目历遐荒。
披我丹霞衣,袭我素霓裳。
华盖纷晻霭②,六龙仰天骧③。
曜灵④未移景,倏忽造昊苍。
阊阖⑤启丹扉,双阙曜朱光。
徘徊文昌殿,登陟太微堂。
上帝休西棂,群后集东厢。
带我琼瑶佩,漱我沆瀣⑥浆。
踟蹰⑦玩灵芝,徙倚弄华芳。
王子奉仙药,羡门⑧进奇方。
服食享遐纪,延寿保无疆。

① 八纮(hóng):八方极远之地。② 晻霭(ǎn ǎi):荫蔽、重叠的样子。③ 骧(xiāng):腾跃,昂首奔驰。④ 曜(yào)灵:指太阳。⑤ 阊阖(chāng hé):传说中的天门。⑥ 沆瀣(hàng xiè):夜间的水汽,露水。旧谓仙人所饮。⑦ 踟蹰(chí chú):徘徊。⑧ 羡门:传说中的神仙。

远游篇〔一〕

远游临四海,俯仰观洪波。
大鱼若曲陵,承浪相经过。
灵鳌戴方丈①,神岳俨嵯峨②。

仙人翔其隅,玉女戏其阿③。

琼蕊可疗饥,仰首吸朝霞。

昆仑本吾宅,中州非我家。

将归谒东父④,一举超流沙。

鼓翼舞时风,长啸激清歌。

金石固易敝,日月同光华。

齐年与天地,万乘安足多。

〔一〕楚词《远游》章云:悲时俗之迫厄兮,愿轻举而远游。质菲薄而无因兮,焉托乘而上浮。王逸云:《远游》者,屈原之所作也。屈原履方直之行,不容于世,困于谗佞,无所告诉,乃思与仙人俱游戏,周历天地,无所不至焉。

① 方丈:古代神话中的神山。② 嵯峨(cuó é):形容山势高峻。③ 阿(ē):凹曲的地方。④ 东父:亦称"东王父",传说中的神名。

仙人篇〔一〕

仙人揽六著①,对博太山隅。

湘娥抚琴瑟,秦女吹笙竽。

玉樽盈桂酒,河伯献神鱼。

四海一何局,九州安所如。

韩终②与王乔③,要我于天衢④。

万里不足步,轻举凌太虚。

飞腾逾景云,高风吹我躯。

回驾观紫微,与帝合灵符。

阊阖自嵯峨,双阙万丈余。

玉树扶道生，白虎夹门枢。

驱风游四海，东过王母庐。

俯观五岳间，人生如寄居。

潜光养羽翼，进趣且徐徐。

不见昔轩辕，升龙出鼎湖。

徘徊九天下，与尔长相须。

〔一〕《乐府广题》云：秦始皇三十六年，使博士为《仙真人》诗，游行天下，令乐人歌之。曹植《仙人篇》曰"仙人揽六著"，言人生如寄，当养羽翼徘徊九天，以从韩终、王乔于天衢也。齐陆瑜又有《仙人揽六著篇》，盖出于此。

① 六著：古代博弈之具。② 韩终：传说中的仙人。"终"，一作"众"。③ 王乔：传说中的仙人。④ 衢（qú）：道路。

斗鸡篇〔一〕

游目极妙伎，清听厌宫商。

主人寂无为，众宾进乐方。

长筵坐戏客，斗鸡观闲房。

群雄正翕赫①，双翅自飞扬。

挥羽激清风，悍目发朱光。

觜落轻毛散，严距②往往伤。

长鸣入青云，扇翼独翱翔。

愿蒙狸膏③助，常得擅此场。

〔一〕《春秋左氏传》云：季、郈之鸡斗，季氏介其鸡，郈氏为之金距。杜预云：捣介子播其羽也，或云以胶沙播之，为介鸡。《邺都故事》云：魏明帝大和中，筑斗鸡台。赵王石虎，亦以芥羽漆砂，斗鸡于此。故曹植诗云"斗鸡东郊道，走马长楸间"是也。

① 翕赫（xī hè）：盛怒的样子，此指斗鸡气势勇猛。② 严距：锐利的鸡距。鸡跗蹠骨后方所生的尖突物，相斗时用来刺对方。③ 狸膏：狸的脂膏。古时斗鸡时取以涂抹鸡头，使对方畏怯，从而战胜对方。

盘石篇

盘石山巅石〔一〕，飘飖涧底蓬。
我本太山人，何为客淮东。
蓳①荋弥斥土②，林木无分重。
岸岩若崩缺，湖水何汹汹。
蚌蛤被滨涯，光彩如锦虹。
高彼凌云霄，浮气象螭龙。
鲸脊若丘陵，须若山上松。
呼吸吞船栅③，澎濞④戏中鸿。
方舟寻高价，珍宝丽以通。
一举必千里，乘飔⑤举帆幢。
经危履险阻，未知命所钟。
常恐沉黄垆，下与鼋鳖同。
南极苍梧野，游眄穷九江。
中夜指参辰，欲师当定从。
仰天长太息，思想怀故邦。
乘桴何所志，吁嗟我孔公。

〔一〕盘石山巅石：上"石"字有误，当用连绵字与"飘飘"字对。　○诗意大抵言生于帝王之家，处于风波之地，常有性命之忧。

① 萑（huán）：荻，形状像芦苇。② 斥土：盐碱地。③ 榴（lì）：小船。④ 澎濞（péng bì）：波浪相撞声。⑤ 飔（sī）：疾风。

驱车篇

驱车掸①驽马，东到奉高城。
神哉彼太山，五岳专其名。
隆高贯云霓，嵯峨出太清。
周流二六堠②，间置十二亭。
上有涌醴泉，玉石扬华英。
东北望吴野，西眺观日精。
魂神所系属，逝者感斯征。
王者以归天，效厥元功成。
历代无不遵，礼记有品程。
探策或长短，唯德享利贞。
封者七十帝，轩皇元独灵。
餐霞漱沆瀣，毛羽被身形。
发举蹈虚廓，径廷升窈冥。
同寿东父年，旷代永长生。
○此亦轻举远游之意。

① 掸：牵引；悬持。② 堠（hòu）：古代用来瞭望敌情的土堡。

种葛篇

种葛南山下,葛藟①自成阴。
与君初婚时,结发恩义深。
欢爱在枕席,宿昔同衣衾。
窃慕棠棣篇,好乐和瑟琴。
行年将晚暮,佳人怀异心。
恩纪旷不接,我情遂抑沉[一]。
出门当何顾,徘徊步北林。
下有交颈兽,仰见双栖禽。
攀枝长叹息,泪下沾罗襟。
良马知我悲,延颈代我吟。
昔为同池鱼,今为商与参。
往古皆欢遇,我独困于今。
弃置委天命,悠悠安可任。

〔一〕恩纪旷不接,谓己见疏于文帝,犹妇见弃于其夫也。

① 藟(lěi):藤。

弃妇篇

石榴植前庭,绿叶摇缥①青。
丹华灼烈烈,璀彩有光荣。
光荣晔②流离,可以处淑灵。
有鸟飞来集,拊翼③以悲鸣。
悲鸣夫何为,丹华实不成。

拊心长叹息,无子当归宁。
有子月经天,无子若流星。
天月相终始,流星没无精。
栖迟失所宜,下与瓦石并。
忧怀从中来,叹息通鸡鸣。
反侧不能寐,逍遥于前庭。
踟蹰还入房,肃肃帷幕声。
搴帷④更摄带,抚弦调鸣筝。
慷慨有余音,要妙悲且清。
收泪长叹息,何以负神灵。
招摇待霜露,何必春夏成。
晚获为良实,愿君且安宁。

○子建见疏于文帝,屡迁国邑,有才而不见用,自嗟屏逐之臣,故以弃妇自喻。

① 缥(piǎo):淡青色。② 晔(yè):光明灿烂。③ 拊(fǔ)翼:拍打翅膀。④ 搴帷(qiān wéi):撩起帷幕。

公宴诗 [一]

公子敬爱客,终宴不知疲。
清夜游西园,飞盖相追随。
明月澄清影,列宿正参差。
秋兰被长坂,朱华冒绿池。
潜鱼跃清波,好鸟鸣高枝。
神飙接丹毂①,轻辇随风移。

飘摇放志意，千古长若斯。
　〔一〕此在邺宫与兄丕宴饮，时武帝在，故称丕为公子。○工律。

　①丹毂（gǔ）：指华贵的车。

赠徐干〔一〕

　　惊风飘白日，忽然归西山。
　　圆景光未满，众星灿以繁。
　　志士营世业，小人亦不闲。
　　聊且夜行游，游彼双阙间。
　　文昌〔二〕郁云兴，迎风〔三〕高中天。
　　春鸠鸣飞栋，流飙激棂轩①。
　　顾念蓬室士〔四〕，贫贱诚足怜。
　　薇藿②弗充虚，皮褐犹不全。
　　慷慨有悲心，兴文自成篇。
　　宝弃怨何人，和氏〔五〕有其愆。
　　弹冠俟知己，知己〔六〕谁不然。
　　良田无晚岁，膏泽多丰年。
　　亮怀璠玙③美，积久德逾宣。
　　亲交义在敦，申章复何言。

　〔一〕刘良云：子建与徐干俱不见用，有怨刺之意，故为此诗。　〔二〕文昌：殿名。　〔三〕迎风：观名。　〔四〕蓬室士：指干。　〔五〕和氏：植自喻，谓己有献宝之责，而己亦遭刖也。　〔六〕知己：植自指，谓徐干俟己，而己之冠亦被敝弃也。　○情韵。

　　① 棂（líng）轩：有窗格的长廊。② 薇藿（wēi huò）：贫苦人用以充饥的草植。③ 璠玙（fán yú）：美玉，比喻美德贤才。

赠丁仪〔一〕

　　初秋凉气发，庭树微销落。
　　凝霜依玉除，清风飘飞阁。
　　朝云不归山，霖雨成川泽。
　　黍稷委畴陇，农夫安所获。
　　在贵多忘贱，为恩谁能博。
　　狐白足御冬，焉念无衣客。
　　思慕延陵子，宝剑非所惜。
　　子其宁尔心，亲交义不薄。

　　〔一〕李善云：与都亭侯丁翼，今云仪，误也。《魏略》曰：丁仪，字正礼，太祖辟为掾。吕向云：《魏志》，仪有文才，子建赠以此诗，有怨刺之意。　○情韵。首四句，赋景物。"朝云"四句，喻用才则民被其泽，弃才则国无所获。"在贵"四句，讥时之贵臣，不以荐贤下士为意。末四句，自矢不弃良友。

赠王粲

　　端坐苦愁思，揽衣起西游。
　　树木发春华，清池激长流。

中有孤鸳鸯，哀鸣求匹俦。

我愿执此鸟，惜哉无轻舟。

欲归忘故道，顾望但怀愁。

悲风鸣我侧，羲和逝不留。

重阴润万物，何惧泽不周。

谁令君多念，自使怀百忧。

○情韵。鸳鸯喻粲。"我愿"二句，喻己思引粲而无良会。"重阴"句，喻太祖。王粲最为太祖所重，故末四句云尔。

又赠丁仪、王粲〔一〕

从军度函谷，驱马过西京。

山岑高无极，泾渭扬浊清。

壮哉帝王居，佳丽殊百城。

员阙出浮云，承露概泰清。

皇佐扬天惠，四海无交兵。

权家虽爱胜，全国为令名。

君子在末位，不能歌德声。

丁生怨在朝，王子欢自营。

欢怨非贞则，中和诚可经。

〔一〕《集》云：答丁敬礼、王仲宣。善云：翼字敬礼，仪，误也。　○从军，谓建安三十年曹公西征张鲁。皇佐指魏太祖。权家谓兵法之权谋家也。君子谓丁、王也。丁时为太子掾，位卑，故曰怨在朝。王时免官在家，故曰欢自营。欢怨皆有所不平，故勖之以中和。

赠丁翼[一]

嘉宾填城阙,丰膳出中厨。
吾与二三子,曲宴此城隅。
秦筝发西气,齐瑟扬东讴。
肴来不虚归,觞至反无余。
我岂狎①异人,朋友与我俱。
大国多良材,譬海出明珠。
君子义休偫②,小人德无储[二]。
积善有余庆,荣枯立可须。
滔荡固大节,时俗多所拘。
君子通大道,无愿为世儒。

〔一〕《文士传》云:翼字敬礼,仪之弟也,为黄门侍郎。
〔二〕偫,待也,一曰具也。储,谓蓄积之,以待无也。休偫,谓美而有余也。

① 狎(xiá):亲近但态度不庄重。② 偫(zhì):积储,储备。

赠白马王彪七首[一]

序曰:黄初四年正月,白马王、任城王与余俱朝京师,会节气。到洛阳,任城王薨。至七月,与白马王还国。后有司以二王归藩,道路宜异宿止,意每恨之。盖以大别在数日,是用自剖,与王辞焉。愤而成篇。

谒帝承明庐,逝将归旧疆[二]。
清晨发皇邑,日夕过首阳[三]。

伊洛广且深，欲济川无梁。

泛舟越洪涛，怨彼东路长。

顾瞻恋城阙，引领情内伤。

〔一〕《集》云：于圈城作。《魏志》云：楚王彪，字朱虎，初封白马王，后徙封楚；任城王彰，字子文，并武帝子。彰建安中为北中郎将，伐乌丸有功，文帝黄初三年，为任城王，四年朝京，不即得见，忿怒暴薨。《艺苑卮言》云：子建《谒帝承明庐》《明月照高楼》，子桓《西北有浮云》《秋风萧瑟》，非邺中诸子可及，仲宣、公干，远在下风。吾每至《谒帝》一章，便数十过不可了，悲婉宏壮，情事理境，无所不有。又云：陈思王《赠白马王彪》诗，全法《大雅·文王之什》体，以故首二章不相承耳，后人不知，合而为一者，良可笑也。　〔二〕旧疆：鄄城也。　〔三〕首阳：在洛阳城东北二十里。　○情韵。

太谷何寥廓，山树郁苍苍。

霖雨泥我涂，流潦①浩纵横。

中逵②绝无轨，改辙登高冈。

修坂造云日，我马玄以黄。

○情韵。

① 流潦（liáo）：地面流动的积水。② 中逵（kuí）：中途。

玄黄犹能进，我思郁以纡①。

郁纡将何念，亲爱在离居。

本图相与偕，中更不克俱。

鸱枭②鸣衡轭③，豺狼当路衢。

苍蝇间白黑，谗巧令亲疏。

欲还绝无蹊，揽辔止踟蹰。

○情韵。

①纡（yū）：心中苦闷郁结。②鸱枭（chī xiāo）：鸟名，猫头鹰一类的鸟。③衡轭（è）：车辕前的横木与架在马颈上用以拉车的曲木。

踟蹰亦何留，相思无终极。
秋风发微凉，寒蝉鸣我侧。
原野何萧条，白日忽西匿。
归鸟赴乔林，翩翩厉羽翼。
孤兽走索群，衔草不遑食。
感物伤我怀，抚心长太息。
○情韵。

太息将何为，天命与我违。
奈何念同生，一往形不归。
孤魂翔故域，灵柩寄京师。
存者忽复过，亡没身自衰。
人生处一世，去若朝露晞①。
年在桑榆间，影响不能追。
自顾非金石，咄唶②令心悲。
○情韵。同生，指任城王彰。桑榆，以日之将落，喻人之将老，影响虽捷，尚不如将逝之年光，其去更速也。

①晞（xī）：干。②咄唶（duō jiè）：呼吸之间，形容时间短暂。

心悲动我神，弃置莫复陈。
丈夫志四海，万里犹比邻。
恩爱苟不亏，在远分日亲。
何必同衾帱①，然后展殷勤。

忧思成疾疹,无乃儿女仁。
仓卒骨肉情,能不怀苦辛。
○情韵。

① 衾帱(qīn chóu):被子和帐子,泛指卧具。

苦辛何虑思,天命信可疑。
虚无求列仙,松子①久吾欺。
变故在斯须,百年谁能持〔一〕。
离别永无会,执手将何时。
王其爱玉体,俱享黄发期②。
收泪即长路,援笔从此辞。

〔一〕言有司逼迫太甚,时虞不测之祸,变生斯须间事耳,谁能保百年哉! ○情韵。

① 松子:即赤松子,借指神仙。② 黄发期:高寿。

送应氏诗二首〔一〕

步登北邙①阪,遥望洛阳山。
洛阳何寂寞,宫室尽烧焚。
垣墙皆顿擗②,荆棘上参天。
不见旧耆老③,但睹新少年。
侧足无行径,荒畴不复田。
游子久不归,不识陌与阡。
中野何萧条,千里无人烟。

念我平常居，气结不能言。

〔一〕刘良云：送璩、场兄弟。时董卓迁献帝于西京，洛阳被烧，故多言荒芜之事。　○情韵。

① 北邙（máng）：即北邙山。② 顿擗（pǐ）：崩倒；坍塌。③ 耆（qí）老：老年人。

清时难屡得，嘉会不可常。
天地无终极，人命若朝霜。
愿得展燕婉，我友之朔方。
亲昵并集送，置酒此河阳。
中馈①岂独薄，宾饮不尽觞。
爱至望苦深，岂不愧中肠。
山川阻且远，别促会日长。
愿为比翼鸟，施翮②起高翔。
○情韵。

① 中馈（kuì）：指酒食。② 翮（hé）：鸟的翅膀。

三良诗〔一〕

功名不可为，忠义我所安。
秦穆先下世，三臣皆自残。
生时等荣乐，既没同忧患。
谁言捐躯易，杀身诚独难。
揽涕登君墓，临穴仰天叹。

长夜何冥冥，一往不复还。

黄鸟为悲鸣，哀哉伤肺肝。

〔一〕《左传》云：秦伯任好卒，以子车氏三子奄息、仲行、鍼虎为殉，皆秦之良也。诗人作《黄鸟》以哀之。刘良云：植被文帝责黜，意者自悔不从武帝，而作是诗。

游仙诗[一]

人生不满百，戚戚少欢娱。

意欲奋六翮，排雾凌紫虚。

蝉蜕同松乔①，翻迹登鼎湖。

翱翔九天上，骋辔远行游。

东观扶桑曜，西临弱水流。

北极玄天渚，南翔陟丹丘②。

〔一〕此亦《升天行》《五游篇》《远游篇》《仙人篇》等作之旨。

① 松乔：传说中赤松子和王子乔两位仙人。② 丹丘：传说中神仙所居之地。

杂诗六首[一]

高台多悲风，朝日照北林。

之子在万里，江湖迥且深。

方舟安可极,离思故难任。
孤雁飞南游,过庭长哀吟。
翘思慕远人〔二〕,愿欲托遗音。
形影忽不见,翩翩伤我心。

〔一〕李善云:此六篇并别京已后在鄄城思乡而作。 〔二〕之子、远人,当有所专指之人,若徐干之类。 ○识度。《易·小过》:飞鸟遗之音。谓欲托之寄音信于故乡也,转瞬而雁之形影已不见矣。

转蓬离本根,飘飖随长风。
何意回飙举①,吹我入云中。
高高上无极,天路安可穷。
类此游客子,捐躯远从戎。
毛褐②不掩形,薇藿常不充。
去去莫复道,沉忧令人老。

○识度。转蓬、游子,似皆子建以自喻者,本根,指京师也。

① 飙(biāo)举:疾风托举。② 毛褐:粗麻或兽毛制成的短衣。

西北有织妇,绮缟①何缤纷。
明晨秉机杼,日昃不成文。
太息终长夜,悲啸入青云。
妾身守空闺,良人行从军。
自期三年归,今已历九春。
飞鸟绕树翔,嗷嗷鸣索群。
愿为南流景,驰光见我君。

○识度。良人、我君,皆喻思君之意。

① 绮缟（qǐ gǎo）：有花纹的丝织品。

南国有佳人，容华若桃李。
朝游江北岸，夕宿潇湘沚①。
时俗薄朱颜，谁为发皓齿。
俯仰岁将暮，荣耀难久恃。
〇识度。此首自惜有才，而不得及时见用也。

① 沚（zhǐ）：水中的小块陆地。

仆夫早严驾，吾将远行游。
远行欲何之，吴国为我仇。
将骋万里途，东路安足由。
江介多悲风，淮泗驰急流。
愿欲一轻济，惜哉无方舟。
闲居非吾志，甘心赴国忧。
〇识度。此即《求自试表》愿"身分蜀境，首悬吴阙"之意。

飞观百余尺，临牖①御棂轩。
远望周千里，朝夕见平原。
烈士多悲心，小人偷自闲。
国仇亮不塞，甘心思丧元。
抚剑②西南望，思欲赴太山。
弦急悲声发，聆我慷慨言。
〇识度。此亦《求自试表》之意。

① 牖（yǒu）：窗户。② 抚（fǔ）剑：按剑。

闺情〔一〕

揽衣出中闺，逍遥步两楹。
闲房何寂寞，绿草被阶庭。
空室自生风，百鸟翩南征。
春思安可忘，忧戚与我并。
佳人在远道，妾身单且茕①。
欢会难再遇，芝兰不重荣。
人皆弃旧爱，君岂若平生。
寄松为女萝，依水如浮萍。
赍②身奉衿带，朝夕不堕倾。
倘终顾盼恩，永副我中情。

〔一〕一作《杂诗》。　○此亦与《弃妇篇》相近。

① 茕（qióng）：孤单，引申为悲愁。② 赍（jī）：怀着；带着。

七哀诗〔一〕

明月照高楼，流光正徘徊。
上有愁思妇，悲叹有余哀。
借问叹者谁，言是荡子①妻。
君行逾②十年，孤妾常独栖。
君若清路尘，妾若浊水泥。
浮沉各异势，会合何时谐。
愿为西南风，长逝入君怀。

君怀良不开,贱妾当何依。

〔一〕《玉台》作《杂诗》。　　○情韵。国藩按,《乐府诗集》所载,又有一首晋乐所奏,凡二十八句,较本辞多十二句。

① 荡子:辞家远出不归的男子。② 逾(yú):超过。

情诗[一]

微阴翳①阳景,清风飘我衣。
游鱼潜绿水,翔鸟薄天飞。
眇眇客行士,遥役不得归。
始出严霜结,今来白露晞。
游子叹黍离,处者歌式微。
慷慨对嘉宾,凄怆内伤悲。

〔一〕《玉台》作《杂诗》。　　○此代述久役不归之情。"游鱼"二句,言得所也;"眇眇"二句,言不如鱼鸟也。

① 翳(yì):遮盖;遮蔽。

喜雨诗

天覆何弥广,苞育此群生。
弃之必憔悴,惠之则滋荣。
庆云从北来,郁述西南征。

时雨中夜降，长雷周我庭。
嘉种盈膏壤，登秋毕有成。

七步诗[一]

煮豆持作羹，漉豉①以为汁。
萁向釜中然②，豆在釜中泣。
本是同根生，相煎何太急。

〔一〕本《集》不载。《世说新语》云：文帝尝令东阿王七步中作诗，不成者行大法，王应声便为诗，帝有惭色。

① 漉豉（lù chǐ）：过滤煮熟后发酵过的豆子，用以制成调味的汁液。② 然：同"燃"。

失题[一]

双鹤俱遨游，相失东海旁。
雄飞窜北朔，雌惊赴南湘。
弃我交颈欢，离别各异方。
不惜万里道，但恐天网张。

〔一〕见《艺文·鹤部》。

《乐府诗集》有《桂之树》一首长短句，《当墙欲高行》长短句，《当事君行》长短句，《当车已驾行》长短句，《妾薄命》二首，一六言、一杂言，《苦思行》一首长短句，《飞龙篇》一首四言，与《平陵东》《日苦短》《丹霞蔽日行》，皆以非五言古，未抄。

阮嗣宗五古

八十二首

咏怀八十二首[一]

夜中不能寐,起坐弹鸣琴。
薄帷鉴明月,清风吹我衿。
孤鸿号外野,翔鸟鸣北林。
徘徊将何见,忧思独伤心。

〔一〕颜延年云:阮公身事乱朝,常恐遇祸,因兹咏怀。虽志在讥刺,而文多隐避,百代之下,难以情测。故粗明大意,略其幽旨也。《诗统》云:阮集传之既久,颇存讹阙,校录者往往肆为补缀,作者之旨淆乱甚焉。今以诸本参校其义,稍优。　　○按,《文选》录《咏怀》诗十七首。近人陈氏沆《诗比兴笺》录《咏怀》诗三十八首。今于旧注节抄一二,陈氏说节抄十之六七。其前人论说所未及,国藩间有窥测,亦附书焉,尚有数首义不可通,遂阙所疑,以俟达者。　　○识度。

二妃①游江滨,逍遥顺风翔。
交甫怀环佩,婉娈②有芬芳。
猗靡③情欢爱,千载不相忘。
倾城迷下蔡,容好结中肠。
感激生忧思,萱草树兰房。
膏沐为谁施,其雨怨朝阳。
如何金石交,一旦更离伤。

○识度。陈沆曰:司马父子隐谲险诈,奸而不雄,《咏怀》诗中多以妾妇讥之。

① 二妃:即江妃二女。② 婉娈(luán):年少美貌。③ 猗靡(yǐ mí):缠绵。

嘉树下成蹊,东园桃与李。
秋风吹飞藿,零落从此始。
繁华有憔悴,堂上生荆杞。
驱马舍之去,去上西山趾①。
一身不自保,何况恋妻子。
凝霜被野草,岁暮亦云已。
○识度。陈沆曰:司马懿尽录魏王公置于邺,嘉树零落,繁华憔悴,皆宗枝剪除之喻也。

① 西山趾:首阳山脚下,相传为伯夷、叔齐隐居饿死之处。

天马出西北,由来从东道。
春秋非有托,富贵焉常保。
清露被皋兰,凝霜沾野草。
朝为媚少年,夕暮成丑老。
自非王子晋,谁能常美好。
○识度。陈沆云:马出西极,由东道主人引之使来,司马氏本人臣,由魏帝致之使盛。少年倏老,喻魏之全盛倏衰也。马即典午之姓。

平生少年时,轻薄好弦歌。
西游咸阳中,赵李相经过。
娱乐未终极,白日忽蹉跎。
驱马复来归,反顾望三河。
黄金百镒①尽,资用常苦多。
北临太行道,失路将如何。
○识度。《丹铅余录》云:阮籍《咏怀》诗"西游咸阳市,赵李相经过",颜延年以为赵飞燕、李夫人;刘会孟谓安知非实有此人,不必求其谁何也。详诗意,咸阳赵李,谓游侠近侍之俦。

《汉·谷永传》:"小臣赵李,从微贱贵宠,成帝常与微行。"籍用赵李,字正出此。若如颜延年之说,赵飞燕、李夫人岂可言经过?如刘会孟言,当时实有此人,唐王维诗亦有"日夜经过赵李家",岂唐时亦实有此人乎?乃知读书不详考深思,虽如延年之博学,会孟之精鉴,亦不免失之,况下此者耶!《诗话补遗》云:按《汉书》乃赵李欸。陈沆以首四句比魏之盛时,白日蹉跎比明帝之崩,失路比国家之失权。

① 镒(yì):古代重量单位。二十两(一说二十四两)为一镒。

昔闻东陵瓜①,近在青门外。
连畛②距阡陌,子母相钩带。
五色曜③朝日,嘉宾四面会。
膏火自煎熬,多财为患害。
布衣可终身,宠禄岂足赖。
○识度。此首阮公以邵平自比。"膏火"二句,亦讥趋附权势者。

① 东陵瓜:秦朝东陵侯邵平,秦亡后成为平民,种瓜于长安城东南门之外,瓜味甜美,世谓"东陵瓜"。② 连畛(zhěn):满田;连片。③ 曜(yào):照耀。

炎暑惟兹夏,三旬将欲移。
芳树垂绿叶,青云自逶迤①。
四时更代谢,日月递参差。
徘徊空堂上,忉怛②莫我知。
愿睹卒欢好,不见悲别离。
○识度。魏甘露五年六月甲寅,司马昭立常道乡公,在月之三日。陈沆谓此诗即指此事。"三旬将欲移"云者,谓恐三旬即移秋节也。"愿睹卒欢好"云者,恐其复为齐王芳高贵乡公之续也。

① 逶迤（wēi yí）：舒展绵延貌。② 忉怛（dāo dá）：忧伤的样子。

灼灼西隤①日，余光照我衣。
回风吹四壁，寒鸟相因依。
周周②尚衔羽，蛩蛩③亦念饥。
如何当路子④，磬折忘所归。
岂为夸誉名，憔悴使心悲。
宁与燕雀翔，不随黄鹄飞。
黄鹄游四海，中路将安归。

〇识度。陈沆以磬折忘归为讥党附司马氏者，未知然否。至谓末四句为阮公自命之词，鉴黄鹄之失路，宁燕雀以卑栖，则深得本指矣。

① 隤（tuí）：坠下；坠落。② 周周：鸟名。其首重而尾曲，故衔羽而饮。③ 蛩蛩：传说中的异兽名。④ 当路子：有权有势之人。

步出上东门，北望首阳岑①。
下有采薇士，上有嘉树林。
良辰在何许，凝霜沾衣襟。
寒风振山冈，玄云起重阴。
鸣雁飞南征，鶗鴂发哀音。
素质游商声②，凄怆伤我心。

〇识度。首四句，阮公以伯夷自况，鶗鴂似亦刺趋时附势之小人。

① 岑（cén）：小而高的山。② 商声：秋声。

北里多奇舞，濮上①有微音②。
轻薄闲游子，俯仰乍浮沉。

捷径从狭路,俛俯趋荒淫。
焉见王子乔,乘云翔邓林。
独有延年术,可以慰我心。

○识度。陈沆谓此章讥党附司马氏者。愚谓前六句似讥邓飏、何晏之徒,后四句则自况之语,言虽不能避世高举,犹可全生远害耳。

① 濮上:濮水之滨。春秋时此地以奢靡之乐闻名于世。② 微音:轻靡之音。

湛湛长江水,上有枫树林。
皋兰被径路,青骊逝骎骎①。
远望令人悲,春气感我心。
三楚多秀士,朝云进荒淫。
朱华振芬芳,高蔡相追寻。
一为黄雀哀,泪下谁能禁。

○识度。陈沆云,楚襄比魏明帝,蔡灵侯比曹爽,朱华芬芳谓私取才人为伎乐,高蔡追寻谓兄弟数出宴游,公子挟弹规黄雀,比曹爽为司马懿所图。

① 骎骎(qīn):形容马跑得快。

昔日繁华子,安陵与龙阳。
夭夭桃李花,灼灼有辉光。
悦怿①若九春,磬折似秋霜。
流盼②发姿媚,言笑吐芬芳。
携手等欢爱,宿夕同衣裳。
愿为双飞鸟,比翼共翱翔。
丹青著明誓,永世不相忘。

○识度。旧说：安陵、龙阳，以色事楚、魏之主，尚尽忠如此，而晋文王蒙厚恩于魏，乃不能竭其股肱，而将行篡夺，所以深刺之也。陈沆以丹青明誓，指司马懿受魏文帝、明帝两世托孤寄命之重，不应背之。

① 悦怿（yì）：愉快。② 流眄（miǎn）：目光流转。

登高临四野，北望青山阿。
松柏翳冈岑，飞鸟鸣相过。
感慨怀辛酸，怨毒常苦多。
李公①悲东门，苏子②狭三河。
求仁自得仁，岂复叹咨嗟。
○识度。陈沆谓此章讥党附司马氏者，如钟会、成济之徒，终亦不得其死也。求仁得仁，犹云求祸得祸，苏、李之诛死，自取之耳。

① 李公：指战国时秦朝丞相李斯。② 苏子：指战国时纵横家苏秦。

开秋兆凉气，蟋蟀鸣床帷。
感物怀殷忧，悄悄令心悲。
多言焉所告，繁辞将诉谁。
微风吹罗袂，明月耀清晖。
晨鸡鸣高树，命驾起旋归。
○识度。旧说：晨鸡，知时者；旋归，将返山林以避世也。

昔年十四五，志尚好书诗。
被褐怀珠玉，颜闵①相与期。
开轩临四野，登高望所思。

丘墓蔽山冈,万代同一时。
千秋万岁后,荣名安所之。
乃悟羡门子,噭噭令自嗤。

○识度。此首自述其抗志自修,遁世无闷。"千秋"二句,言荣名不足称,"羡门"二句,言长生不足慕,但求有自修之实耳。

① 颜闵:孔子弟子颜回和闵子骞的并称,二人因品德高尚而受称赞。

徘徊蓬池上,还顾望大梁。
绿水扬洪波,旷野莽茫茫。
走兽交横驰,飞鸟相随翔。
是时鹑火①中,日月正相望。
朔风厉严寒,阴气下微霜。
羁旅无俦匹,俯仰怀哀伤。
小人计其功,君子道其常。
岂惜终憔悴,咏言著斯章。

○识度。陈沆曰:大梁,指魏也。《左传》:晋伐虢,卜偃曰:克之,其九月、十月之交乎?鹑火中,必是时也。嘉平六年,九月甲戌,司马师废帝为齐王,乃十九日。十月庚寅,立高贵乡公,正九月、十月之交,鹑火中之时也。司马师先定谋,而后白太后,其在九月十五日,日月相望时乎?

① 鹑(chún)火:星次名。

独坐空堂上,谁可与欢者。
出门临永路,不见行车马。
登高望九州,悠悠分旷野。
孤鸟西北飞,离兽东南下。

日暮思亲友,晤言①用自写。

○识度。陈沆曰:悼国无人也。我瞻四方,蹙蹙靡所骋,途穷能无恸乎!孤鸟、离兽,士不西走蜀,则南走吴耳。

① 晤(wù)言:当面而谈。

悬车在西南,羲和将欲倾。
流光耀四海,忽忽至夕冥。
朝为咸池晖,濛汜①受其荣。
岂知〔一〕穷达士,一死不再生。
视彼桃李花,谁能久荧荧。
君子在何许,旷世〔二〕未合并。
瞻仰景山松,可以慰吾情。

〔一〕知:《集》作放。 〔二〕旷世:一作叹息。 ○首四句言魏祚将倾。"朝为"二句,指前此被魏之恩泽者。"岂知"六句,言夏侯之属云亡,殉国之人未见。景山松似有所指之人,可信其劲节不改者。

① 濛汜(méng sì):传说中的日落之处。

西方有佳人,皎若白日光。
被服纤罗衣,左右佩双璜。
修容耀姿美,顺风振微芳。
登高眺所思,举袂当〔一〕朝阳。
寄颜云霄间,挥袖凌虚翔。
飘飖恍惚中,流盼顾我旁。
悦怿未交接,晤言用感伤。

〔一〕当:《集》作向。

杨朱①泣路歧，墨子悲染丝。
揖让长离别，飘飖难与期。
岂徒燕婉情，存亡诚有之。
萧索人所悲，祸衅不可辞。
赵女媚中山，谦柔愈见欺。
嗟嗟途上士，何用自保持。

○陈沆以此首与《二妃游江滨》《昔日繁华子》二章，同类并观，皆以妾妇讥司马氏也。国藩按，歧路、染丝，言变迁不定，翻覆无常，不特燕婉之情如此，即国之存亡，亦不过一反覆间耳。

① 杨朱：战国时期的思想家，道家杨朱学派的创始人。

于心怀寸阴，羲阳将欲冥。
挥袂抚长剑，仰观浮云征。
云间有玄鹤〔一〕，抗志扬哀声。
一飞冲青天，旷世不再鸣。
岂与鹑鷃①游，连翩戏中庭。

〔一〕玄鹤：阮公自况之词。　○京师曹氏家藏阮步兵诗一卷，唐人所书，与世所传多异。其一篇云："放心怀寸阴，羲和将欲冥。挥袂抚长剑，仰观浮云行。云间有立鹄，抗首扬哀声。一飞冲青天，疆世不再鸣。安与鹑鷃游，翩翩戏中庭。"孔宗翰亦有本，与此多同。

① 鹑鷃（chún yàn）：鸟名。

夏后乘灵舆，夸父为邓林。
存亡从变化，日月有浮沉。
凤凰鸣参差，伶伦①发其音。
王子好箫管，世世相追寻。

谁言不可见，青鸟明我心。

① 伶伦：亦作"泠伦"，相传为黄帝时的乐官。

东南有射山，汾水出其阳。
六龙服气舆①，云盖切〔一〕天纲。
仙者四五人，逍遥晏②兰房。
寝息一纯和，呼吸成露霜。
沐浴丹渊中，照耀日月光。
岂安通灵台，游漾去高翔。

〔一〕切：一作覆。

① 气舆：指神话中仙人乘坐的车子。② 晏：安乐。

殷忧令志结，怵惕①常若惊。
逍遥未终晏，朱阳②忽西倾。
蟋蟀在户牖，蟪蛄号中庭。
心肠未相好，谁云谅我情。
愿为云间鸟，千里一哀鸣。
三芝④延瀛洲，远游可长生。

① 怵惕（chù tì）：惊惧警惕。② 朱阳：太阳。

拔剑临白刃，安能相中伤。
但畏工言子，称我三江旁。
飞泉流玉山，悬车栖扶桑。
日月径千里，素风发微霜。
势路有穷达，咨嗟①安可长。

① 咨嗟（jiē）：叹息。

朝登洪坡颠，日夕望西山。
荆棘被原野，群鸟飞翩翩。
鸾鷖①时〔一〕栖宿，性命有自然。
建木②谁能近，射干复婵娟。
不见林中葛，延蔓相勾连。
〔一〕时：《集》作特。

① 鸾鷖（yī）：鸾鸟和鷖鸟。常用来比喻君子。② 建木：上古先民崇拜的神木。

周郑①天下交，街术②当三河。
妖冶闲都子，焕耀何芬葩。
玄发发〔一〕朱颜，睇眄③有光华。
倾城思一顾，遗视来相夸。
愿为三春游，朝阳忽蹉跎。
盛衰在须臾，离别将如何。
〔一〕发：一作照。

① 周郑：春秋战国时期的周国和郑国。② 街术：古代城市中的道路。③ 睇眄（dì miǎn）：顾盼。

若花〔一〕耀西〔二〕海，扶桑翳瀛洲。
日月经天涂，明暗不相雠〔三〕①。
穷达自有常，得失又何求。
岂效路上童，携手共遨游。
阴阳有变化，谁云沉不浮。

朱鳖跃飞泉，夜飞过吴洲。
俯仰运天地，再抚四海流。
系累名利场，驽骏同一辀②。
岂若遗耳目，升遐去殷忧。

〔一〕花：一作木。　〔二〕西：一作四。　〔三〕雠：《集》作俦。　○首四句谓日往月来，月往日来，互有屈伸，不相雠怨，人生有达即有穷，有得即有失，又何怨哉！"岂效"二句，言不学世上小儿，营营干求。朱鳖，阮公以之自况，亦远游遗世之意。

① 雠（chóu）：敌对。② 辀（zhōu）：车辕。泛指车。

昔余游大梁，登于黄华颠①。
共工宅玄冥，高台造青天。
幽荒邈悠悠，凄怆怀所怜。
所怜者谁子，明察自照妍〔一〕。
应龙沉冀州，妖女不得眠。
肆侈〔二〕②凌世俗，岂云永厥年。

〔一〕自照妍：一作应自然。　〔二〕侈：一作佼。　○《诗话补遗》云：阮籍诗"昔余游大梁，登于黄华颠"，"应龙沉冀州，妖女不得眠"。按，《战国策》：赵武灵西至河，登黄华之上，梦处女鼓瑟歌诗，因纳吴广女娃嬴孟姚，其先七世，而兆于简子之梦，及入宫而夺嫡乱国，岂非妖女乎。张平子《应问》曰：女魃北而应龙翔。合而观之，可见其微意。盖当是时，魏明帝郭后、毛后妒宠相杀，正类武灵王事，故隐语怪说，亦《春秋》定、哀多微辞意也。陈沆曰：大梁，魏也。女魃处共工之台，主旱，以比司马氏。应龙沉冀州之野，主雨，以比玄、爽、晏、范之俦，矜智自负，奢侈荒宴，自取败亡也。

① 颠：同"巅"，山顶。② 肆侈（sì chǐ）：穷奢极欲。

驱马出门去,意欲远征行。
征行安所如,背弃夸与名。
夸名不在己,但愿适中情。
单帷蔽皎日,高榭隔微声。
谗邪使交疏,浮云令昼冥。
燕婉同衣裳,一顾倾人城。
从容在一时,繁华不再荣。
晨朝奄复暮,不见所欢形。
黄鸟东南飞,寄言谢友生。

驾言发魏都,南向望吹台。
箫管有遗音,梁王安在哉。
战士食糟糠,贤者处蒿莱。
歌舞曲未终,秦兵已复来。
夹林非吾有,朱宫生尘埃。
军败华阳下,身竟为土灰。

○《文昌杂录》云:《东京记》:天清寺繁台,梁孝王按歌吹之台。阮公诗云"驾言发魏都,南向望吹台。箫管有余音,梁王安在哉。"后有繁氏居其侧里,人呼为繁台。陈沆云:魏都,即指曹魏也。明帝末年,歌舞荒淫,不知求贤讲武,以致亡国。

朝阳不再盛,白日忽西幽。
去此若俯仰,如何似九秋。
人生若尘露,天道邈悠悠。
齐景升丘山,涕泗纷交流。
孔圣临长川,惜逝忽若浮。
去者余不及,来者吾不留。

愿登太华山，上与松子游。
渔父知世患，乘流泛轻舟。
〇识度。此亦汲汲自修之意。

一日复一夕，一夕复一朝。
颜色改平常，精神自损消。
胸中怀汤火，变化故相招。
万事无穷极〔一〕，知谋苦不饶。
但恐须臾间，魂气随风飘。
终身履薄冰，谁知我心焦。

〔一〕极：一作理。　〇识度。司马师尝谓阮嗣宗至慎，每与言终日，言至玄远，未尝臧否人物。

一日复一朝，一昏复一晨。
容色改平常，精神自飘沦。
临觞多哀楚，思我故时人。
对酒不能言，凄怆怀酸辛。
愿耕东皋阳，谁与守其真。
愁苦在一时，高行伤微身。
曲直何所为，龙蛇为我邻〔一〕。

〔一〕《扬雄传》云：君子得时则大行，不得时则龙蛇。龙蛇者，一曲一直，一伸一屈。如危行伸也，言孙即屈也。此诗畏高行之见伤，必言孙以自屈，龙蛇之道也。

世务何缤纷，人道苦不遑①。
壮年以时逝，朝露待太阳。
愿揽羲和辔，白日不移光。
天阶路殊绝，云汉邈无梁。

濯②发旸谷③滨，远游昆岳旁。

登彼列仙岨④，采此秋兰芳。

时路乌足争，太极可翱翔。

○"愿揽"二句，有鲁阳挥戈驻景之意，"白日不移光"云者，欲使魏祚不遽移于晋也。"天阶"二句，言手无斧柯，无路可以回天也。

① 不遑：没有闲暇。② 濯（zhào）：古通"棹"，意为划船。③ 旸（yáng）谷：传说中日出的地方。④ 岨：古同"砠"，有土的石山。

谁言万事艰，逍遥〔一〕可终生。

临堂翳华树，悠悠念无形。

彷徨思亲友，倏忽①复至冥。

寄言东飞鸟，可用慰我情。

〔一〕逍遥：《庄子》篇名。　　○无形，言无生之始也。庄子溯其始，而本无形，非徒无形也，而本无生。翳华树，日中时也，至冥则夕矣。

① 倏（shū）忽：一转眼；忽然。

嘉时在今辰，零雨〔一〕洒尘埃。

临路望所思，日夕复不来。

人情有感慨，荡漾焉能排。

挥涕怀哀伤，辛酸谁语哉。

〔一〕零雨：似当作灵雨。　　○天之道，阴求阳，阳求阴，气也。人之道，男求女，女求男，情也。古人以不遇为不偶，《诗》《骚》之称美人，皆求君、求友也。此诗之望所思，亦求友之意，似有所指。言天时既嘉，道路无尘，而美人不来，能无感慨。

炎光延万里,洪川荡湍濑①。

弯弓挂扶桑,长剑倚天外。

泰山成砥砺②,黄河为裳带。

视彼庄周子,荣枯何足赖。

捐身弃中野,乌鸢作患害。

岂若雄杰士,功名从此大。

○此首有屈原远游之意,高举出世之想。

① 湍濑(tuān lài):湍急的流水。湍,水势急速。濑,激流。
② 砥砺(dǐ lì):磨石。

壮士何慷慨,志欲威八荒。

驱车远行役,受命念自忘。

良弓挟乌号①,明甲有精光。

临难不顾生,身死魂飞扬。

岂为全躯士②,效命争战场。

忠为百世荣,义使令名彰。

垂声谢后世,气节故有常。

○此首似指王凌、诸葛诞、毋丘俭之徒。

① 乌号:良弓名,即乌号之弓,传说为黄帝所用之弓。② 全躯士:只顾保全自己性命之人。此处引申为贪生怕死之辈。

混元生两仪,四象运衡玑①。

曒日②布炎精,素月垂景晖。

晷度③有昭回,哀哉人命微。

飘若风尘逝,忽若庆云晞。

修龄适余愿,光宠非己威。

安期步天路,松子与世违。

焉得凌霄翼,飘飘登云湄。

嗟哉尼父志,何为居九夷〔一〕。

〔一〕陈沆曰:"光宠非己咸",谓赵孟能贱之也。方欲延龄世外,遗身霄路,即尼父居九夷,且非所慕,况肯希当世之宠荣乎?

① 衡玑(jī):古时观测天象的仪器。② 皦(jiǎo)日:明亮的太阳。③ 晷(guǐ)度:在日晷仪上投射的日影长短的度数。古人认为晷度变化与人事、吉凶相联系。

天网弥四野,六翮掩不舒。

随波纷纶客〔一〕,泛泛若浮凫〔二〕①。

生命无期度,朝夕有不虞。

列仙停修龄,养志在冲虚。

飘飖云日间,邈与世路殊。

荣名非己宝,声色焉足娱。

采药无旋返,神仙志不符。

逼此良可惑,令我久踌躇。

〔一〕客:《集》作落。 〔二〕浮凫:亦作凫鹥。 ○首四句谓晋氏网罗人才,庸庸者皆见录用。"生命无期度"以下,阮公自喻其游于世网之外。

① 凫(fú):野鸭。

王业须良辅,建功俟①英雄。

元凯②康哉美,多士颂声隆。

阴阳有舛错③,日月不常融。

天时有否泰,人事多盈冲。

园绮④遁南岳,伯阳隐西戎。

保身念道真,宠耀焉足崇。

人谁不善始,鲜能克厥终。

休哉上世士,万载垂清风。

○首四句,言魏三祖时,多良辅贤士。"阴阳"四句,指齐王芳以后之事。"园绮"八句,阮公以自喻也。上世士,即园、绮、伯阳之伦。

① 俟(sì):等待。② 元凯:即"八元八凯",后泛指良臣、贤士。③ 舛(chuǎn)错:错乱。④ 园绮:秦末隐士东园公和绮里季。此处代指商山四皓。

鸿鹄相随飞,飞飞适荒裔。

双翮临长风,须臾万里逝。

朝餐琅玕①实,夕宿丹山际。

抗身青云中,网罗孰能制。

岂与乡曲士,携手共言誓。

○此首亦远游遗世之念。

① 琅玕:传说中的仙树,其实似珠。

俦物终始殊,修短各异方。

琅玕生高山,芝英耀朱堂。

荧荧桃李花,成蹊将夭伤。

焉敢希千术,三春表微光。

自非凌风树,憔悴乌〔一〕有常。

〔一〕乌:一作要。 ○"焉敢"二句当有误字。凌风树,亦阮公以自况者,有托根霄汉,终古不凋之意。

幽兰不可佩,朱草为谁荣。

修竹隐山阴,射干临增城。

葛藟[①]延幽谷,绵绵瓜瓞[②]生。

乐极消灵神,哀深伤人情。

竟知忧无益,岂若归太清。

○"幽兰"四句,喻当世之贤士。"葛藟"二句,喻当世之在势者。

① 葛藟（lěi）:植物名。又称"千岁藟"。② 瓜瓞（dié）:瓜,大瓜。瓞,小瓜。绵绵瓜瓞生比喻子孙繁衍。

鷽鸠[①]飞桑榆,海鸟运天池。

岂不识宏大,羽翼不相宜。

招摇安可翔,不若栖树枝。

下集蓬艾间,上游园囿篱。

但尔亦自足,用子[〔一〕]为追随。

〔一〕子:指鷽鸠。 ○此首《艺文类聚》所载与今本不同,而义意近优。观李善《文选注》,江文通拟《咏怀》诗所引与《艺文》同,亦一证也。今从《艺文》定正。国藩按,此首似以鷽鸠自比,以明不慕高位、不贪远图之意。

① 鷽（xué）鸠:小鸠,即《庄子·逍遥游》中嘲笑鲲鹏的学鸠。

生命辰安在,忧戚涕沾襟。

高鸟翔山冈,燕雀栖下林。

青云蔽前庭,素琴凄我心。

崇山有鸣鹤,岂可相追寻。

鸣鸠嬉庭树,焦明①游浮云。
焉见孤翔鸟,翩翩无匹群。
死生自然理,消散何缤纷。

○《汉魏诗集》合前为一首。国藩按,《上林赋》注:焦明,似凤,西方之鸟也。此与鸣鸠并举,殊觉不伦。末二句与前四句尤为不伦,疑后人所附益也。

① 焦明:传说中凤凰一类的鸟。

步游三衢①旁,惆怅念所思。
岂为今朝见,恍惚诚有之。
泽中生乔松,万世未〔一〕可期。
高鸟摩天飞,凌云共游嬉。
岂有孤行士,垂涕悲故时。

〔一〕未:一作安。　　○乔松,冀有国桢扶魏祚于将倾者。高鸟,自喻其遗世外也。末二句谓有伯夷之心,而不学伯夷之迹也。

① 衢:四通八达的道路。

清露为凝霜,华草成蒿莱。
谁云君子贤,明达〔一〕安可能。
乘云招松乔,呼吸永矣哉。

〔一〕明达,似指一死生、齐彭殇者言之。

丹心失恩泽,重德丧所宜。
善言焉可长,慈惠未易施。
不见南飞燕,羽翼正差池。
高子①怨新诗,三闾②悼乖离。

何为混沌氏，倏忽体貌隳③。

○首四句，言曹氏施厚泽于司马，而遭其反噬。末二句，言司马氏机智可怖。

① 高子：孟子的弟子，曾求学于孟子，后半途而废。② 三闾（lú）：代指屈原。屈原原任战国时期楚国的三闾大夫。③ 隳（huī）：毁坏。

十日出旸谷，弭节①驰万里。
经天耀四海，倏忽潜濛汜②。
谁言焱炎③久，游没可行俟。
逝者岂长生，亦去荆与杞。
千载犹崇朝，一餐聊自己〔一〕。
是非得失间，焉足相讥理。
计利知术穷，哀情遽〔二〕能止。

〔一〕聊自己：一作百金子。　〔二〕遽：一作克。　○陈沆曰：此达观自遣也。白日经天，有时沦没。运无常隆，理有终极。汉灭魏兴，不旋踵而魏魇，则将来典午之燼替，亦行可俟也。

① 弭节：驾车。② 濛汜（méng sì）：传说中的日落之处。③ 焱（yàn）炎：太阳的光和热。

自然有成理，生死道无常。
智巧万端出，大要不易方。
如何夸毗①子，作色怀骄肠。
乘轩驱良马，凭几向膏粱。
被服纤罗衣，深榭设闲房。
不见日夕华，翩翩飞路旁。

○识度。"大要不易方"云者，谓贫富贵贱死生祸福皆有自然之理，虽智巧万端，不能逃出范围之外。末二句，言花有荣必有落，人有盛必有衰也。

　　① 夸毗（pí）：以谄媚、阿谀取媚于人。

夸谈快愤懑，情慵发烦心〔一〕。
西北登不周，东南望邓林。
旷野弥九州，崇山抗高岑。
一餐度万世，千岁再浮沉。
谁云玉石同，泪下不可禁。

〔一〕情：一作惰。　　○前八句，有远游遗世之志。末二句，言己虽生于浊世，岂其玉石不分，随众人之混混，而昧于时代之变迁邪？

人言愿延年，延年欲焉之①。
黄鹄呼子安②，千秋未可期。
独坐山岩中，恻怆③怀所思。
王子亦何好，猗靡④相携持。
悦怿犹今辰，计校在一时。
置此明朝事，日夕将见欺。

○陈沆曰：此与《王子十五年》一章，王子皆指少帝也。此少帝谋讨司马师时所作。"计校在一时"，安危系此一举也。国藩按，"日夕将见欺"，似用季平子日入愿作事。

　　① 焉之：去哪里。② 子安：传说中的仙人。③ 恻怆：哀伤。
　　④ 猗靡（yǐ mí）：缠绵。

贵贱在天命，穷达自有时。
婉娈佞邪子，随利来相欺。

孤恩损惠施，但为谗夫嗤。
鹡鸰①鸣云中，载飞靡所期。
焉知倾侧②士，一旦不可持。
○鹡鸰且飞且鸣，《诗·小雅》及东方朔《答客难》皆以喻汲汲自修之士，此则似讥汲汲附势之人。

① 鹡鸰（jí líng）：鸟名。② 倾侧：行为邪僻不正。

惊风振四野，回云荫堂隅。
床帷为谁设，几杖为谁扶。
虽非明君子，岂暗桑与榆。
世有此聋聩，茫茫将焉如。
翩翩从风飞，悠悠去故居。
离麾玉山下，遗弃毁与誉。
○首四句，有时移势异，举目山河之感。翩翩二句，言时移势殊，我亦遗世远举，不效世之聋聩，贪恋禄位，茫然不知玉步之已改也。

危冠切浮云，长剑出天外。
细故何足虑，高度跨一世。
非子〔一〕为我御，逍遥游荒裔。
顾谢西王母，吾将从此逝。
岂与蓬户士，弹琴诵言誓。

〔一〕非子：秦之先世。　　○此首亦有高举遗世之意，末二句似讥拘守礼法之士。

河上有丈人，纬萧①弃明珠。
甘彼藜藿②食，乐是蓬蒿庐。
岂效缤纷子，良马骋龙舆。

朝生衢路傍，夕瘗③横术隅。

欢笑不终宴，俯仰复欷歔④。

鉴兹二三者，愤懑从此舒。

○识度。二三者，似亦刺魏臣而二心于晋，旋盛旋败者。

① 纬萧（xiāo）：编织蒿草。常引申为安贫乐道之意。② 藜藿（lí huò）：野菜。多指粗劣的菜食。③ 瘗（yì）：埋藏。④ 欷歔（xī xū）：叹息。

儒者通六艺〔一〕，立志不可干。

违礼不为动，非法不肯言。

渴饮清泉流，饥食天一箪①。

岁时无以祀，衣服常苦寒。

屣履②咏《南风》，缊袍③笑华轩。

信道守诗书，义不受一餐。

烈烈褒贬辞，老氏用长叹。

〔一〕艺：一作义。　○识度。陈沆曰：此叹汉党锢，诸儒危行而不言孙，故章末以老规儒也，乌用月旦之评，清流之目哉！

① 箪（dān）：古时盛饭的竹制器具。② 屣履（xǐ lǚ）：拖着鞋走路。③ 缊（yùn）袍：以旧絮为材质的袍子。常为贫苦之人所穿。

少年学击刺〔一〕，妙伎过曲城①。

英风捷云霓，超世发奇声。

挥剑临沙漠，饮马九野坰②。

旗帜何翩翩，但闻金鼓鸣。

军旅令人悲，烈烈有哀情。

念我平常时，悔恨从此生〔二〕。

〔一〕刺：《集》作剑。　〔二〕少年欲从军立功，而晚节悔恨者，念仇敌不在吴、蜀，而在堂廉之间也。

① 曲城：指汉将虫达。虫达以剑技闻名天下，被刘邦封为曲城侯。② 垌（dòng）：田野。

　　平昼整衣冠，思见客与宾。
　　宾客者谁子，倏忽若飞尘。
　　裳衣佩云气，言语究灵神。
　　须臾相背弃，何时见斯人。
　　〇此首或指孙登、嵇康之流。

　　多虑令志散，寂寞使心忧。
　　翱翔观陂泽〔一〕①，抚剑登轻舟。
　　但愿长闲暇，后岁复来游。
　〔一〕陂：一作彼。　〇此首自述其韬精匿志、观物自怡之素。

① 陂（bēi）泽：湖泽。

　　朝出上东门①，遥望首阳基。
　　松柏郁森沉，鹂黄相与嬉。
　　逍遥九曲间，徘徊欲何之。
　　念我平居时，郁然思妖姬。
　〇首二句与第九首相似，而基字不如岑字之稳。末句思妖姬，语尤不伦，疑非阮公诗，后人附益之耳。

① 上东门：洛阳城门名，始建于东汉，曹魏沿用。

王子十五年,游衍伊洛滨。
朱颜茂春华,辩慧怀清真。
焉见浮丘公①,举手谢时人。
轻荡易恍惚,飘飘弃其身。
飞飞鸣且翔,挥翼且酸辛。

○陈沆曰:此言明帝不能辨司马懿之奸,轻以爱子付托也。以王子晋比曹芳,以浮丘比司马懿。

① 浮丘公:传说中的仙人。相传曾与王子晋吹笙。

塞门不可出[一],海水焉可浮。
朱明①不相见,奄昧②独无侯。
持瓜思东陵,黄雀诚独羞。
失势在须臾,带剑上吾丘。
悼彼桑林子,涕下自交流。
假乘汧③渭间,鞍马去行游。

[一] 塞:一作寒。　○《丹铅余录》云:汉武帝崩后,忽见形谓陵令薛平曰:"我虽失势,犹为汝君,奈何令吏卒上吾陵磨剑乎?"因不见。推陵旁,果有方石,可以为砺,吏卒尝盗磨刀剑。霍光欲斩之,张安世曰:"神道茫昧,不宜为法。"故阮公《咏怀》诗曰:"失势在须臾,带剑上吾丘。"陈沆氏以"失势"二句,为刺背魏附晋之辈,未知然否。

① 朱明:代指太阳。② 奄昧:昏暗的样子。③ 汧(qiān):汧水,即今陕西省千河。

洪生①资制度,被服正有常。
尊卑设次序,事物齐纪纲。
容饰整颜色,磬折②执圭璋③。

堂上置玄酒④,室中盛稻粱。
外厉贞素谈,户内灭芬芳。
放口从衷出,复说道义方。
委曲周旋仪,姿态愁我肠。
○此首似讥司马懿厚貌深情,善自厉饰。

① 洪生：大人先生。② 磬折：弯腰。③ 圭璋：即玉圭和玉璋,为玉制礼器。④ 玄酒：古代祭礼中用以代替酒的清水。

北临乾昧①溪,西行游少任。
遥顾望天津,骀荡乐我心。
绮靡存亡门,一游不再寻。
傥遇晨风鸟,飞驾出南〔一〕林。
潾漾瑶光中,忽忽肆荒淫。
休息宴清都,超世又谁禁〔二〕。
〔一〕南：一作东。　　〔二〕一作起坐复谁禁。

① 乾昧：传说中的山名。

人知结交易,交友诚独难。
险路多疑惑,明珠未可干。
彼求飨太牢①,我欲并一餐。
损益在〔一〕怨毒,咄咄复何言。
〔一〕在：疑当作生。　○明珠句,似用邹阳明珠暗投之意,干即投也。并一餐,即并日而食也。将损彼之有余,益我之不足,而怨毒已生,言公道不可持也。

① 太牢：祭祀礼中,牛、羊、猪三牲齐备被称为"太牢"。

有悲则有情，无悲亦无思[一]。
苟非婴网罟①，何必万里畿②。
翔风拂重霄，庆云招所晞。
灰心寄枯宅，曷顾人间姿。
始得忘我难，焉知嘿③自遗。

〔一〕《集》作无情亦无悲。

① 网罟（gǔ）：捕鱼或鸟兽的工具。② 畿（jī）：国都周围的广大区域。③ 嘿：同"默"，沉默不作声。

木槿荣丘墓，煌煌有光色。
白日颓林中，翩翩零路侧。
蟋蟀吟户牖，蟪蛄鸣荆棘。
蜉蝣玩三朝，采采修羽翼。
衣裳为谁施，俯仰自收拭。
生命几何时，慷慨各努力。
○此首有冉冉将老，修名不立之感。

修途驰轩车，长川载轻舟。
性命岂自然，势路有所由。
高名令志惑，重利使心忧。
亲昵怀反侧，骨肉还相仇。
更希毁珠玉，可用登遨游。
○首四句，刺驰骛于名利之途者。势路有所由，谓赵孟能贱之也。"更希"句，即毁方瓦合、俭德避难之意。末句疑有误字。

横术有奇士，黄骏服其箱。
朝起瀛洲野，日夕宿明光。

再抚四海外，羽翼自飞扬。

去置世上事，岂足愁我肠。

一去长离绝，千岁复相望。

○去置，疑当作弃置。前六句，似刺贾充、锺会之徒。

猗欤①上世士，恬淡志安贫。

季叶②道陵迟，驰骛③纷垢尘。

宁子④岂不类，扬歌谁肯殉〔一〕。

栖栖非我偶，皇皇⑤非己伦。

咄嗟荣辱事，去来味道真。

道真信可娱，清洁存精神。

巢由抗高节，从此适河滨。

〔一〕殉：一作询。　　○识度。"宁子"二句，谓宁戚非全不知道者，而饭牛之歌果为何事，而肯以身殉之也？薄宁戚而慕巢由，阮公之志事著矣。咄嗟，犹须臾也，言荣来辱去，辱来荣去，不过须臾间事，吾但味吾道真而已。

① 猗欤（yī yú）：赞美、感叹之意。② 季叶：末世；末代。③ 驰骛（wù）：趋赴；奔走。④ 宁子：即春秋时代的宁戚。宁戚怀经世济民之才，但因出身微贱而给人挽车喂牛。后受齐桓公赏识，拜为大夫。⑤ 皇皇：也作"遑遑"，惊慌不安的样子。

梁东有芳草，一朝再三荣。

色容艳姿美，光华耀倾城。

岂为明哲士，妖蛊诒媚生。

轻薄在一时，安知百世名。

路端便娟①子，但恐日月倾。

焉见冥灵②木，悠悠竟无形。

①便娟：轻巧美好的样子。②冥灵：神话中的树木名。

秋驾安可学，东野穷路旁。
纶深鱼渊潜，矰①设鸟高翔。
泛泛乘轻舟，演漾靡所望。
吹嘘谁以益，江湖相捐忘。
都冶难为颜，修容是我常。
兹年在松乔，恍惚诚未央。

〇秋驾，作税驾者，误。《庄子·逸篇》：尹儒学御三年，而无所得，夜梦受秋驾，明日往朝师，师曰："今将教子以秋驾。"注曰：秋驾，法驾也。国藩按，"秋驾"二句，言有才者终至蹉跌，东野稷马力已竭，事见《庄子》。

①矰（zēng）：古人用以射鸟的系着丝绳的短箭。

咄嗟行至老，僶俛①常若忧。
临川羡洪波，同始异支流。
百年何足忧，但恐怨与仇。
仇怨者谁子，耳目还相羞。
声色为胡越，人情自逼遒②。
招彼玄通士，去来归羡游。

〇此首谓死不足忧，但恐有平生亲好迫之，死于非命。"同始异支流"，谓少年相好之人，中道异趣也。仇怨非他人，乃平生亲昵朝夕闻见之人，一旦异趣，谈笑之际，睇眜之间，已成胡越。此有忧生之叹矣。末句疑有误字。

①僶俛（mǐn miǎn）：同"黾勉"，勤奋，努力。②逼遒（qiú）：逼迫。

阮嗣宗五古

昔有神仙士，乃处射山阿。
乘云御飞龙，嘘噏叽[一]琼华。
可闻不可见，慷慨叹咨嗟。
自伤非畴类，愁苦来相加。
下学而上达，忽忽将如何。

〔一〕叽：音机，小食也。终身履冰，下学上达，皆嗣宗吃紧为人处。

林中有奇鸟，自言是凤皇。
清朝饮醴泉①，日夕栖山冈。
高鸣彻九州，延颈望八荒。
适逢商风起，羽翼自摧藏。
一去昆仑西，何时复回翔。
但恨处非立，怆恨使心伤。

○凤皇，阮公自况也。"处非立"三字，疑有误。

① 醴（lǐ）泉：甘泉。

出门望佳人，佳人岂在兹。
三山招松乔，万世谁与期。
存亡[一]有长短，慷慨将焉知。
忽忽朝日隤，行行将何之。
不见入秋草，摧折在今时。

〔一〕亡：一作日。　○望佳人而不见，招松乔而不来，将抱孤芳而长逝耳。

昔有神仙者，羡门及松乔。
噏习①九阳②间，升近叽云霄。

人生乐长久,百世自言辽。
白日陨隅谷,一夕不再朝。
岂若遗世物,登明遂飘飖。

① 噏(xī)习:飘摇飞起的样子。② 九阳:天地的边沿,相传为日出之处。

墓前荧荧者,木槿耀朱华。
荣好未终朝,车飙陨其葩。
岂若西山草,琅玕与丹禾。
垂影临增城,余光照九阿。
宁微少年子,日夕难咨嗟。
〇此与四十四首、七十一首,语意重复,别无精义,疑亦后人附益之也。

卷二

陶渊明五古

一百十四首

形影神三首[一]

贵贱贤愚,莫不营营以惜生,斯甚惑焉。故极陈形影之苦,言神辨自然以释之。好事君子,其取其心焉。

〔一〕并序。

形赠影

天地长不没①,山川无改时。
草木得常理,霜露荣悴②之。
谓人最灵智,独复不如兹。
适见在世中,奄去③靡归期。
奚觉无一人,亲识岂相思。
但余平生物,举目情凄洏④。
我无腾化术,必尔不复疑。
愿君取⑤吾言,得酒莫苟辞⑥。

① 不没:永恒。② 荣悴(cuì):荣枯,此指草木的盛衰。③ 奄去:生命忽然结束。④ 凄洏(ér):悲伤流泪。⑤ 取:听取。⑥ 苟辞:轻率推辞;随便推辞。

影答形

存生不可言,卫生①每苦拙。
诚愿游昆华②,邈然③兹道绝。
与子相遇来,未尝异悲悦。
憩荫④若暂乖⑤,止日⑥终不别。

此同既难常，黯尔俱时灭。

身没名亦尽，念之五情⁷热。

立善有遗爱，胡为不自竭。

酒云能消忧，方此讵不劣。

① 卫生：保护生命；保重身体。② 昆华：昆仑山和华山的并称，相传为神仙居住的地方。③ 邈然：遥远的样子。④ 憩荫：在树荫下休息。⑤ 乖：背离，此引申为分离。⑥ 止日：在日光下。⑦ 五情：指喜、怒、哀、乐、怨五种感情。

神释

大钧①无私力，万理②自森著。

人为三才③中，岂不以我故。

与君虽异物，生而相依附。

结托善恶同，安得不相语。

三皇④大圣人，今复在何处。

彭祖爱〔一〕永年，欲留不得住。

老少同一死，贤愚无复数。

日醉或能忘，将非促龄具。

立善常所欣，谁当为汝誉。

甚念⑤伤吾生，正宜委运⑥去。

纵浪大化中，不喜亦不惧。

应尽便须尽，无复独多虑。

〔一〕爱：一作寿，非。　　○"日醉"二句，辨形赠影之言。"立善"二句，辨影答形之言。

① 大钧：天道或自然，指至高无上的力量。② 万理：万事万物的法则。③ 三才：指天、地、人。④ 三皇：传说中上古三帝王。所指说法不一，一般为伏羲、神农、黄帝。⑤ 甚念：过分考

虑。⑥委运：交给命运；顺其自然。

九日闲居〔一〕

余闲居，爱重九之名，秋菊盈园。而持醪靡由，空服九华，寄怀于言。

〔一〕并序

世短意常多，斯人乐久生。
日月依辰至，举俗爱其名。
露凄暄风①息，气彻天象②明。
往燕无遗影，来雁有余声。
酒能祛百虑，菊解〔一〕制颓龄③。
如何蓬庐士④，空视时运倾。
尘爵耻虚罍⑤，寒华徒自荣。
敛襟独闲谣，缅焉起深情。
栖迟⑥固多娱，淹留岂无成。

〔一〕解：一作为。　○时运倾，指易代之事。淹留无成，骚人语也。今反之，谓事业则无所成，于道德岂无成耶？

① 暄风：暖风。② 天象：天空景象。③ 颓龄：衰老之年；垂暮之年。④ 蓬庐士：住在简陋房子里的人，意为草莽、贫寒之士。⑤ 罍（léi）：中国古代一种大型盛酒的容器，多用青铜或陶制成。⑥ 栖迟：休憩游玩；宁静闲居。

归园田居五首

少无适俗韵,性本爱丘山。
误落尘网①中,一去三十年。
羁鸟②恋旧林,池鱼思故渊。
开荒南野〔一〕际,守拙归园田。
方宅十余亩,草屋八九间。
榆柳荫后檐〔二〕,桃李罗堂前。
暧暧③远人村,依依④墟里烟。
狗吠深巷中,鸡鸣桑树巅。
户庭无尘杂,虚室⑤有余闲。
久在樊笼⑥里,复得返自然。

〔一〕野:一作亩。 〔二〕檐:一作园。 ○识度。

① 尘网:尘世的纷扰,此指外出做官。② 羁(jī)鸟:被困的鸟,犹笼鸟。③ 暧暧(ài):昏暗不明的样子。④ 依依:轻柔而随风摇动的样子。⑤ 虚室:空室,此亦指心境。⑥ 樊(fán)笼:关鸟兽的笼子,此处比喻在官场受束缚而不得自由的境地。

野外罕人事,穷巷寡轮鞅①。
白日掩荆扉②,虚室〔一〕绝尘想。
时复墟曲③中〔二〕,披草〔三〕共来往。
相见无杂言,但道桑麻长。
桑麻日已长,我土日已广。
常恐霜霰④至,零落同草莽。

〔一〕虚室:一作对酒。 〔二〕曲中:一作里人。 〔三〕草:一作衣。 ○识度

① 轮鞅(yāng):车子的车轮以及用马拉车时套在马颈上的

皮套，此泛指车马。② 荆扉（jīng fēi）：柴门。③ 墟曲：村落。
④ 霜霰（xiàn）：霜和小冰粒。

种豆南山下，草盛豆苗稀。
晨兴①理荒秽，带月荷锄②归。
道狭草木长，夕露沾我衣。
衣沾不足惜，但使愿无违。
○识度。东坡云：以夕露沾衣之故，而违其所愿者多矣。

① 晨兴：早起。② 荷（hè）锄：背着锄头。

久去山泽游，浪莽①林野娱。
试携子侄辈，披榛②步荒墟。
徘徊丘垄间，依依昔人居。
井灶③有遗处，桑竹残朽株〔一〕。
借问采薪者，此人皆焉如④。
薪者向我言，死没无复余。
一世⑤异朝市，此语真不虚。
人生似幻化，终当归空〔二〕无。
〔一〕一作树木残根株。　〔二〕空：一作虚。　○识度。

① 浪莽：广大的样子。② 披榛（zhēn）：拨开丛生的草木；砍去丛生的草木。③ 井灶：水井和灶台。④ 焉如：何处去。⑤ 一世：三十年为一世。

怅恨①独策②还，崎岖历榛③曲。
山涧清且浅，可〔一〕以濯④吾足。
漉⑤我新熟酒，只鸡招近属〔二〕⑥。
日入空中暗，荆薪代明烛。

欢来苦夕短，已复至天旭⑦。

〔一〕可：一作遇。　〔二〕属：一作局。　○识度。

①怅恨：惆怅遗憾。②策：拄。即策杖之意。③榛：丛生的树木。④濯（zhuó）：洗。⑤滤：过滤。⑥近属：近邻。⑦天旭：天明。

游斜川〔一〕

辛丑正月五日，天气澄和，风物闲美，与二三邻曲，同游斜川。临长流，望曾城。鲂鲤跃鳞于将夕，水鸥乘和以翻飞。彼南阜者，名实旧矣，不复乃为嗟叹。若夫曾城，旁无依接，独秀中皋。遥想灵山，有爱嘉名。欣对不足，率尔赋诗。悲日月之遂往，悼吾年之不留。各疏年纪乡里，以记其时日〔二〕。

开岁①倏②五十〔三〕，吾生行③归休。

念之动中怀，及辰④为兹游。

气和天惟澄，班坐⑤依远流。

弱湍驰文鲂⑥，闲谷矫鸣鸥。

迥泽⑦散游目，缅然睇⑧曾丘。

虽微九重秀，顾瞻无匹俦。

提壶接宾侣，引满⑨更献酬⑩。

未知从今去，当复如此不。

中肠纵遥情〔四〕，忘彼千载忧。

且极今朝乐，明日非所求。

〔一〕并序　〔二〕《淮南子》：昆仑山有曾城九重。陶公因目中所见之曾城，而遥想昆仑之曾城。观上文"临长流，望曾城"句，当是斜川有山名曾城，故爱其嘉名与昆仑同耳。骆庭芝云：曾城，落星寺也。然云"独秀中皋"，则是指山，非指寺矣。 〔三〕十：一作日。 〔四〕中肠：一作中觞，犹大谢诗之中饮，即酒半也。

① 开岁：新的一年的开始；迎接新的一岁。② 倏（shū）：极快地；很快。③ 行：将要。④ 及辰：及时。⑤ 班坐：依次而坐。⑥ 文鲂（fáng）：鱼名。色银灰，体形似鳊鱼。⑦ 迥泽：广阔的湖泊。⑧ 睇（dì）：斜视；看。⑨ 引满：把酒杯倒满而饮。⑩ 献酬：饮酒时主客双方互相敬酒。

示周续之祖企谢景夷三郎〔一〕

负疴①颓檐②下，终日无一欣。
药石有时闲，念我意中人③。
相去不寻常〔二〕，道路邈何〔三〕因。
周生述孔业，祖谢响然臻〔四〕④。
道丧向千载，今朝复斯闻。
马队非讲肆，校书亦已勤。
老夫有所爱，思与尔为邻。
愿言诲诸子，从我颍水滨。

〔一〕时三人皆讲礼校书。 〔二〕言不近也。 〔三〕何：一作无。 〔四〕《荐祢表》：群士响臻。

① 疴（kē）：同"痾"，疾病。② 颓檐：破败的房屋。③ 意中人：心中所思念的人，此指周续之、祖企、谢景夷三人。④ 响然臻：应声而至。

乞食

饥来驱我去,不知竟①何之②。
行行至斯里,叩门拙言辞。
主人解余意,遗赠岂虚来③。
谈谐终日夕,觞至辄倾杯。
情欣新知欢,兴言遂赋诗。
感子漂母④惠,愧我非韩才。
衔戢⑤知何谢,冥报以相贻。

① 竟:最终。② 何之:即"之何",到哪里去。③ 虚来:空来。④ 漂母:漂洗丝絮的老妇人。《史记·淮阴侯列传》讲韩信少时怀才不遇,致使食不能饱腹。有一次他因饥饿去河边钓鱼,一个洗衣服的妇人不图回报地把自己的粮食分给韩信吃。后来,人们多用这个典故来表示馈赠食物。⑤ 衔戢:敛藏于心,意为衷心感谢。

诸人共游周家墓柏下

今日天气佳,清吹①与鸣弹。
感彼柏下人②,安得不为欢。
清歌散新声,绿酒③开芳颜。
未知明日事,余襟良已殚④。

① 清吹:清越的管乐。② 柏下人:此指墓中人。③ 绿酒:此指代佳酿。④ 殚(dān):尽。

怨诗楚调示庞主簿邓治中[一]

天道幽且远，鬼神茫昧①然。
结发②念善事，俛俛③六九年。
弱冠逢世阻，始室④丧其偏。
炎火屡焚如，螟蜮⑤恣中田。
风雨纵横至，收敛不盈廛。
夏日抱长[二]饥，寒夜无被眠。
造⑥夕思鸡鸣，及晨愿乌迁。
在己何怨天，离忧凄目前。
吁嗟身后名，于我若浮烟。
慷慨独悲歌，钟期信为贤。

〔一〕《古今乐录》载：《怨诗》始于卞和，继以班婕妤，盖伤不见知之意。此篇之末，亦伤世无知己也。 〔二〕抱长：一作长抱。

① 茫昧：不可揣测。② 结发：束发，指男子初成年时。③ 俛俛（mǐn miǎn）：同"黾勉"，勤奋，努力。④ 始室：泛指男子三十岁左右的年纪。⑤ 螟蜮（míng yù）：螟和蜮，两种危害禾苗的害虫。⑥ 造：到；至。

答庞参军[一]

三复来贶，欲罢不能。自尔邻曲，冬春再交，款然良对，忽成旧游。俗谚云："数面成亲旧。"况情过此者乎？人事好乖，便当语离，杨公[二]所叹，岂惟长悲？吾抱疾多年，不复为文，本既不丰，复老病继之。辄依周孔往复之义，且为别后相思之资〔三〕。

　　相知何必旧，倾盖定前言。
　　有客赏我趣，每每顾林园。
　　谈谐无俗调，所说圣人篇。
　　或有数斗酒，闲饮自欢然。
　　我实幽居士，无复东西①缘。
　　物新人惟旧，弱毫②多所宣。
　　情通万里外，形迹滞江山。
　　君其爱体素③，来会在何年。

〔一〕有序。　〔二〕杨公：杨永也。　〔三〕本既不丰，谓素癯瘠也。

① 东西：此指为求致仕而到处奔波，四处奔走。② 弱毫：代指毛笔。③ 体素：身体与本性。

五月旦作和戴主簿

　　虚舟纵逸棹①，回复遂无穷〔一〕。
　　发岁②若俯仰③，星纪④奄将中。
　　明两⑤萃时物〔二〕，北林荣且丰。
　　神渊写时雨，晨色奏景风。
　　既来孰不去，人理固有终。
　　居常待其尽，曲肱⑥岂伤冲。
　　迁化或夷险，肆志无窊隆⑦。
　　即事如已高，何必升华嵩〔三〕。

〔一〕回复者，去复来，来复去也。　〔二〕一作南窗罕悴物。　〔三〕《史记·律书》：景风者，居南方。

① 棹（zhào）：船桨。② 发岁：一年的开始。③ 俯仰：一俯一仰，多比喻时间短暂。④ 星纪：星次名，十二星次之一。⑤ 明两：《易经》中的离卦有上下二体，故称为明两。喻指太阳。⑥ 曲肱：弯曲胳膊作枕头，比喻清贫而闲适的生活。⑦ 窊隆（wā）：凹凸。

连雨独饮

运生会归尽，终古①谓之然。
世间有松乔，于今定何间。
故老赠余酒，乃言饮得仙。
试酌百情远，重觞②忽忘天。
天岂去此哉，任真无所先。
云鹤有奇翼，八表③须臾还。
自我抱兹独④，僶俛⑤四十年。
形骸久已化⑥，心在复何言。
〇识度。

① 终古：一直以来；自古以来。② 重觞：再次举杯。③ 八表：八荒，指极远的地方。④ 抱兹独：独自抱定（任真）的心念。⑤ 僶俛（mǐn miǎn）：同黾勉。努力，勉力。⑥ 化：指自然物质的变化。

移居二首

昔欲居南村,非为卜①其宅。
闻多素心②人,乐与数晨夕。
怀此颇有年,今日从兹役③。
敝庐④何必广,取足蔽床席。
邻曲时时来,抗言⑤谈在昔。
奇文共欣赏,疑义相与析。
〇识度。

①卜:占卜吉凶。②素心:心地质朴的人。③从兹役:进行搬家这项工作。④敝庐:简陋的房屋。⑤抗言:高声而言。这里指作者与友人高谈阔论。

春秋多佳日,登高赋新诗。
过门更相呼,有酒斟酌①之。
农务各自归,闲暇辄②相思。
相思则披衣〔一〕,言笑无厌③时。
此理将不胜④,无为忽去兹。
衣食当须几〔二〕,力耕不吾欺⑤。

〔一〕起往相访也。 〔二〕几:一作纪。 〇识度。"此理"二句,言此乐不可胜,无为舍而去之也。

①斟酌(zhēn zhuó):酒不满曰斟,过满曰酌,此指倒酒而饮。②辄:就。③厌:满足。④将不胜:岂不能承受。⑤不吾欺:不欺吾,即不欺骗我、不辜负我。

和刘柴桑

山泽久相招,胡事乃踌躇。
直①为亲旧故,未忍言索居②。
良辰入奇怀,挈③杖还西庐。
荒途无归人,时时见废墟。
茅茨④已就治,新畴⑤复应畬⑥。
谷风转凄薄,春醪解饥劬⑦。
弱女虽非男,慰情良胜无。
栖栖世中事,岁月共相疏。
耕织称其用,过此奚所须。
去去百年外,身名同翳如。

① 直:只是。② 索居:离开人群而孤身独居。③ 挈(qiè):通"挈",携,持。④ 茅茨(cí):茅草盖的屋子。⑤ 新畴:新的田地。⑥ 畬:烧荒垦种。⑦ 饥劬(qú):饥饿与劳苦。

酬刘柴桑

穷居寡人用,时忘四运①周。
空〔一〕庭多落叶,慨然②已知秋。
新葵郁北牖③,嘉穟④眷〔二〕南畴。
今我不为乐,知有来岁不。
命室携童弱,良日登远游。

〔一〕空:一作门。　〔二〕眷:一作养。

① 四运:四季的变化。② 慨然:表感叹。③ 北牖:北边的窗户。④ 嘉穟(suì):即嘉穗,茁壮饱满的禾穗。

和郭主簿二首

蔼蔼①堂前林,中夏贮清阴。
凯风②因时来,回飙开我襟。
息③交逝开卧,坐起弄书琴〔一〕。
园蔬有余滋,旧谷犹储今。
营己良有极,过足非所钦。
舂秫④作美酒,酒熟吾自斟。
弱子戏我侧,学语未成音。
此事真复乐,聊用忘华簪。
遥遥望白云,怀古一何深。

〔一〕一作息交游闲业,卧起弄书琴。

① 蔼蔼:密集的样子;聚集的样子。② 凯风:初夏所吹之风,因从南向北吹,故亦称南风。③ 息:停止。④ 舂秫(chōng shú):碾高粱米。舂,把东西放在石臼或乳钵里捣掉皮壳或捣碎。秫,黏高粱,用以酿酒。

和泽周三春,清凉素〔一〕秋①节。
露凝无游氛②,天高风景澈。
陵岑③耸逸峰,遥瞻皆奇绝。
芳菊开林耀,青松冠岩列。
怀此贞秀姿,卓为霜下杰。

衔觞④念幽人，千载抚尔诀。
检素⑤不获展，厌厌竟良月。

〔一〕素：一作华。

① 素秋：宁静的秋天。② 游氛：游动的云气，亦指浮云。③ 陵岑：高高的山岭。④ 衔觞：举杯。⑤ 检素：代指书信。

于王抚军座送客〔一〕

秋日凄且厉，百卉具已腓①。
爰以履霜节②，登高饯将归。
寒气冒山泽，游云倏无依。
洲渚③思缅邈，风水互乖违。
瞻夕欣良宴，离言聿④云悲。
晨鸟暮来还，悬车敛余辉〔二〕。
逝〔三〕止判殊路，旋驾怅迟迟⑤。
目送回舟远，情随万化⑥遗。

〔一〕王弘为抚军将军、江州刺史，庾登之为西阳太守，时被征还京，谢瞻为豫章太守，时将赴郡，王抚军于湓浦饯之，或邀陶公预宴。　〔二〕《淮南子》：日至悲泉，是谓悬车。〔三〕逝：一作游。

① 腓（féi）：枯萎。② 履霜节：借指九月。③ 洲渚：江河中的岛屿。④ 聿：文言助词，用在句首或句中。⑤ 怅迟迟：心情悲凉的样子。⑥ 万化：万物变化。

与殷晋安别[一]

殷先作晋安南府长史掾，因居浔阳。后作太尉[二]参军，移家东下，作此以赠。
游好非久长，一遇尽殷勤。
信宿①酬清话，益复知为亲。
去岁家南里，薄作②少时邻。
负杖肆游③从，淹留忘宵晨。
语默自殊势，亦知当乖分。
未谓事已及，兴言在兹春。
飘飘西来风，悠悠东去云。
山川千里外，言笑难为因。
良才不隐世[三]，江湖多贱贫[四]④。
脱⑤有经过便，念来存故人。

[一] 有序。殷景仁，名铁。　[二] 刘裕。　[三] 指殷。　[四] 陶公自指。

① 信宿：连住两夜，亦指两夜。② 薄作：稍作。③ 肆游：纵情地游玩；恣意的游玩。④ 贱贫：贫穷卑微的人，此为作者自指。⑤ 脱：倘若。

赠羊长史[一]

左军羊长史衔使秦川，作此与之。
愚生三季①后，慨然念黄虞②。
得知千载上，政赖古人书。

贤圣留余迹,事事在中都③。

岂忘游心目,关河不可逾。

九域④甫已一,逝将理舟舆。

闻君当先迈,负痾不获俱。

路若经商山,为我少踌躇。

多谢绮与甪⑤,精爽今何如。

紫芝谁复采,深谷久应芜。

驷马无贳患⑥,贫贱有交娱。

清谣结心曲,人乖运见疏。

拥怀累代下,言尽意不舒。

〔一〕有序。羊名松龄。　○识度。刘裕破秦以后,霸业已盛,玉步将更,故前者思游中都,而九域未一,今者九域已一,而世代将改,但当从绮、甪游耳。驷马不贳,忧患贫贱,或多欢娱,亦公之素志也。

① 三季:指夏、商、周三代的末期。② 黄虞:黄帝、虞舜的并称。③ 中都:京师。此指长安及关中地区。④ 九域:即九州,泛指全国。⑤ 绮与甪:指秦末两位隐士绮里季和甪里先生。⑥ 贳(shì)患:免除祸患。

岁暮和张常侍

市朝①凄旧人,骤骥②感悲泉③。

明旦非今日,岁暮余何言。

素颜敛光润,白发一已繁。

阔哉秦穆谈,脊力④岂未愆⑤。

向夕长风起,寒云没西山。

冽冽气遂严，纷纷飞鸟还。
民生鲜常在，矧伊⁶愁苦缠。
屡阙清酤⁷至，无以乐当年。
穷通靡攸虑，憔悴由化迁。
抚己有深怀，履运增慨然。

①市朝：市集与朝廷。②骤骥：飞快奔驰的骏马。③悲泉：古代传说中的水名，常用以形容日落处。④膂（lǚ）力：体力。⑤愆：失却；丧失。⑥矧（shěn）伊：何况；况且。伊，文言助词。⑦清酤（gū）：此代指酒。

和胡西曹示顾贼曹

蕤宾①五月中，清朝起南飔②。
不驶亦不迟，飘飘吹我衣。
重云蔽白日，闲雨纷微微。
流目视西园，晔晔③荣紫葵。
于今甚可爱，奈何当复衰〔一〕。
感物愿及时，每恨靡④所挥。
悠悠待秋稼，寥落将赊迟⑤。
逸想⑥不可淹，猖狂独长悲。

〔一〕一作当乐行复衰。

①蕤（ruí）宾：代指农历五月。②南飔（sī）：清凉的南风。③晔晔（yè）：明亮的样子；发光的样子。④靡（mǐ）：无；没有。⑤赊迟：推迟；延迟。⑥逸想：超越凡俗的思想。

悲从弟仲德

衔哀①过旧宅，悲泪应心零②。
借问为谁悲，怀人在九冥。
礼服③名群从，恩爱若同生。
门前执手时，何意尔先倾。
在数④竟未免，为山⑤不及成。
慈母沉哀疚，二胤⑥才数龄。
双位委空馆，朝夕无哭声。
流尘集虚坐，宿草旅前庭。
阶除旷游迹，园林独余情。
翳然⑦乘化去，终天不复形。
迟迟将回步，恻恻悲襟〔一〕盈。

〔一〕悲襟：一作衿涕。

① 衔哀：含着悲伤。② 应心零：与心情相应而涌出。③ 礼服：丧服。④ 在数：在天数之内。⑤ 为山：比喻建立功业。⑥ 二胤（yìn）：二子；两个孩子。⑦ 翳（yì）然：隐约地；隐蔽地。

始作镇军参军经曲阿〔一〕

弱龄①寄事外，委怀在琴书。
被褐②欣自得，屡空常晏如③。
时来苟冥会〔二〕，婉娈憩通衢〔三〕④。
投策命晨装，暂与田园疏。
眇眇孤舟逝，绵绵归思纡⑤。

我行岂不遥，登陟千里余。

目倦川途异，心念山泽居。

望云惭高鸟，临水愧游鱼。

真想初在襟，谁谓形迹拘。

聊且凭化迁，终返班生⑥庐。

〔一〕宋武帝行镇军将军，陶公参其军事。 〔二〕谓无心遇之也，观一苟字，明其为适然相值，非有意就此参军也。〔三〕婉娈：一作踡缩。 ○识度。

① 弱龄：少年时代。② 被褐：穿着朴素的衣服。被，同"披"，穿着。③ 晏如：安然自若；从容不迫。④ 通衢（qú）：大路。⑤ 纡：本作"纡"，此讹作"纡"。纡，萦绕。⑥ 班生：指汉代班嗣。班嗣信奉老庄，主张绝圣弃智，修生保真，以超脱著称。

庚子岁五月中从都还阻风于规林二首

行行循归路，计日望旧居。

一欣侍温颜①，再喜见友于②。

鼓棹路崎曲，指景限西隅。

江山岂不险，归子念前途。

凯风③负我心，戢枻④守穷湖。

高莽眇无界，夏木独森疏。

谁言客舟远，近瞻百里余。

延目识南岭，空叹将焉如。

① 温颜：温和的容颜。此处指代慈母。② 友于：代指兄弟。③ 凯风：南风。④ 戢枻（jí yì）：收起船桨。

自古叹行役①,我今始知之。
山川一何旷,巽坎②难与期〔一〕。
崩浪③聒天响,长风无息时。
久游恋所生,如何淹④在兹。
静念园林好,人间良可辞。
当年讵有几,纵心复何疑。

〔一〕巽,顺也;坎,险也。或曰,巽,风也;坎,水也。

① 行役:因兵役或公务而出行。② 巽(xùn)坎:八卦中的两个卦名。巽代表风,坎代表水,代指途中风波。③ 崩浪:翻滚的波浪。④ 淹:滞留;久留。

辛丑岁七月赴假还江陵夜行途口

闲居三十载,遂与尘事冥。
诗书敦宿好,林园无俗情。
如何舍此去,遥遥至南荆。
叩枻①新秋月,临流别友生。
凉风起将夕,夜景湛虚明。
昭昭天宇阔,皛皛②川上平。
怀役不遑寐,中宵尚孤征。
商歌非吾事〔一〕,依依在耦耕③。
投冠旋旧墟,不为好爵萦。
养真衡茅下,庶以善自名。

〔一〕《淮南子》曰:宁戚商歌车下,桓公慨然而悟。许慎曰:宁戚,卫人,闻齐桓公兴霸,无因自达,将车自往。商,秋声也。

① 叩枻（yì）：击打船桨；摇动船桨。② 晶晶（xiǎo）：洁净明亮的样子。③ 耦耕：指二人并耕，后泛指在田地辛勤劳作。

癸卯岁始春怀古田舍二首

在昔闻南亩，当年竟未践①。
屡空②既有人，春兴岂自免。
夙晨③装吾驾，启途情已缅④。
鸟弄欢新节，冷风送余善〔一〕。
寒竹〔二〕被荒蹊⑤，地为罕〔三〕人远。
是以植杖翁，悠然不复返。
即理愧通识，所保讵乃〔四〕浅。

〔一〕一作鸟弄新节冷，风送余寒善。 〔二〕竹：一作草。
〔三〕罕：一作幽。 〔四〕乃：一作成。

① 未践：没有去实现，此指没有去耕种。② 屡空：经常贫困。③ 夙晨：清晨。④ 缅：遥远的样子，此指心情已经沉浸其中。⑤ 荒蹊：荒芜的小路。

先师有遗训①，忧道不忧贫。
瞻望邈难逮②，转欲志长勤。
秉耒③欢时务，解颜劝农人。
平畴交远风，良苗亦怀新。
虽未量岁功④，即事⑤多所欣。
耕种有时息，行者无问津。

日入相与归,壶浆劳近邻。
长吟掩柴门,聊为陇亩民。

① 遗训:留下的教导。② 逮:达到;实现。③ 秉耒(bǐng lěi):握着耒耜(农具)。④ 岁功:指一年的农事收获。⑤ 即事:当前的工作,此指务农。

癸卯岁十二月中作与从弟敬远

寝迹衡门下,邈与世相绝。
顾盼①莫谁知,荆扉②昼常闭〔一〕。
凄凄岁暮风,翳翳③经夕〔二〕雪。
倾耳无希声④,在目皓已洁。
劲气侵襟袖,箪瓢⑤谢屡设。
萧索空宇中,了无一可悦。
历览千载书,时时见遗烈。
高操非所攀,谬〔三〕得固穷节。
平津⑥苟不由,栖迟⑦讵为拙。
寄意一言外,兹契谁能别。

〔一〕闭:必结切。 〔二〕夕:一作月。 〔三〕谬:一作深。 ○"平津"二句,言苟不慕公孙宏之丞相封侯,则栖迟山林,亦未为拙也。不由,谓不由其道也。

① 顾盼:回头望。② 荆扉:柴门。③ 翳翳:昏暗的样子;暗淡的样子。④ 希声:极微细的声音。⑤ 箪(dān)瓢:盛饭食的箪和盛水的瓢,此借指饮食。⑥ 平津:坦途;大道,此指做官的路途。⑦ 栖迟:游玩休憩,此指退居乡里。

乙巳岁三月为建威参军使都经钱溪

我不践①斯境,岁月好已积。
晨夕看山川,事事悉如昔。
微雨洗高林,清飙②矫云翮③。
眷彼品物④存,义风都未隔。
伊余何为者,勉励从兹役⑤。
一形似有制〔一〕,素襟⑥不可易。
园田日梦想,安得久离析。
终怀在归〔二〕舟,谅哉宜〔三〕霜柏⑦。

〔一〕"一"字似有误。 〔二〕归:一作壑。 〔三〕宜:一作负。 ○赵泉山曰:此诗大旨,庆遇先帝光复大业,不失旧物也。

① 践:踏足。② 清飙(biāo):清风。③ 云翮(hé):凌云高飞的鸟。④ 品物:万物。⑤ 从兹役:从事这趟公务之行。⑥ 素襟:平素的襟怀,此指本心、初心。⑦ 霜柏:经历寒霜的柏树,此处赞美霜柏能够在艰苦环境中生长的坚强品质。

还旧居〔一〕

畴昔①家上京,六〔二〕载去还归。
今日始复来,恻怆②多所悲。
阡陌③不移旧,邑屋④或时非。
履历⑤周故居,邻老罕复遗。
步步寻往迹,有处特依依。

流幻百年中，寒暑日相推。

常恐大化尽，气力不及衰。

拨置⁶且莫念，一觞聊可挥。

〔一〕《南康志》：近城五里，地名上京，亦有渊明故居。
〔二〕六：一作十。

① 畴昔：很久以前。② 恻怆：心情悲伤。③ 阡陌（qiān mò）：田间小路。④ 邑屋：村屋。⑤ 履历：四处走一走。⑥ 拨置：搁置。

戊申岁六月中遇火

草庐寄穷巷，甘以辞华轩①。

正夏长风急，林室顿烧燔②。

一宅无遗宇，舫舟荫门前。

迢迢新秋夕，亭亭月将圆。

果菜始复生，惊鸟尚未还。

中宵伫③遥念，一盼周九天④。

总发抱孤介〔一〕，奄出四十年。

形迹凭化往，灵府长独闲。

贞刚自有质，玉石乃非坚。

仰想东户时，余粮宿中田。

鼓腹无所思，朝起暮归眠。

既已不遇兹，且遂灌我园。

〔一〕介：一作念。

① 华轩：华丽的车，借指官位。② 烧燔（fán）：烧焚；烧

毁。③伫：长时间站立。④九天：天的最高处，形容极高，此指遥远的地方。

己酉岁九月九日

靡靡①秋已夕，凄凄风露交。
蔓草不复荣，园木空自凋。
清气澄余滓②，杳然天界高。
哀蝉无留〔一〕响，丛〔二〕雁鸣云霄。
万化相寻绎③，人生岂不劳。
从古皆有没，念之中心焦。
何以称我情，浊酒且自陶。
千载非所知，聊以永今朝。

〔一〕留：一作归。　〔二〕丛：一作燕。

① 靡靡：事物衰败、消亡的样子。② 余滓（zǐ）：残存的滓秽。③ 寻绎：更替、推移。此处为相互衍生、相继发生的意思。

庚戌岁九月中于西田获早稻

人生归有道①，衣食固其端②。
孰是都不营③，而以求自安。
开春理常业，岁功聊可观。

晨出肆④微勤,日入负耒⑤还。
山中饶霜露,风气亦先寒。
田家岂不苦,弗获辞此难。
四体诚乃疲,庶无异患干。
盥濯⑥息檐下,斗酒散襟〔一〕颜。
遥遥沮溺⑦心,千载乃相关。
但愿长如此,躬耕非所叹。

〔一〕襟:一作勍。　　○识度。

①有道:有规律;有原则。②端:事物的开头,此引申为首要的事。③不营:不经营;不追求。④肆(sì):本义为布陈,此为从事之意。⑤负耒:背着农具。⑥盥濯(guàn zhuó):洗涤;清洁。⑦沮溺:长沮、桀溺,孔子时代的避世隐居之士。

丙辰岁八月中于下潠田舍①获

贫居依〔一〕稼穑②,戮力东林隈。
不言春作苦,常恐负所怀。
司田③眷有秋,寄声与我谐。
饥者欢初饱,束带候鸣鸡。
扬楫④越平湖,泛随清壑⑤回。
郁郁荒山里,猿声闲且哀。
悲风爱静夜〔二〕,林鸟喜晨开。
曰余作此来,三四星火颓⑥。
姿年逝已老,其事未云乖。
遥谢荷蓧翁⑦,聊得从君栖。

〔一〕依：一作事。　〔二〕静夜：一作夜静。

① 下湿田舍：低洼的田地和农舍。② 稼穑（sè）：耕种和收获，此处泛指农业劳动。③ 司田：管理田地农务的人。④ 扬楫：扬起船桨。⑤ 清壑：清澈的溪涧。⑥ 星火颓：大火星每年农历六月出现时位于天空的正南方，位置最高，等到七月份以后，就会逐渐偏西下沉，故又有"七月流火"之说。⑦ 荷蓧翁：《论语·微子》中子路遇到的隐者荷蓧丈人。

责子〔一〕

白发被两鬓，肌肤不复实①。
虽有五男儿，总不好纸笔②。
阿舒已二八③，懒惰④故无匹。
阿宣行志学⑤，而不爱文术。
雍端年十三，不识六与七。
通子垂⑥九龄，但觅梨与栗。
天运苟如此，且进杯中物⑦。

〔一〕舒俨、宣俟、雍份、端佚、通佟，凡五人。舒、宣、雍、端、通，皆小名。　　○识度。

① 不复实：不再紧实；不再结实。② 纸笔：此指文术，文学。③ 二八：指十六岁。④ 懒惰：懒散无为。⑤ 志学：指十五岁。《论语·为政》有"吾十有五而志于学"句。⑥ 垂：将近。⑦ 杯中物：指酒。

有会而作[一]

旧谷既没，新谷未登，颇为老农，而值年灾，日月尚悠，为患未已。登岁之功，既不可希；朝夕所资，烟火裁通。旬日已来，始念饥乏。岁云夕矣，慨然永怀。今我不述，后生何闻哉！

〔一〕并序。

弱年逢家乏①，老至更长饥。
菽麦②实所羡，孰敢慕甘肥③。
怒④如亚九饭，当暑厌寒衣。
岁月将欲暮，如何辛苦悲。
常善粥者心，深恨蒙袂⑤非。
嗟来⑥何足吝，徒没空自遗。
斯滥⑦岂彼志，固穷夙所归。
馁⑧也已矣夫，在昔余多师。

① 家乏：家庭贫困。② 菽麦：豆类和麦类。③ 甘肥：丰美的食物；美味的食物。④ 怒（nì）：饥饿造成的痛苦。⑤ 蒙袂（mèi）：用袖子蒙住脸。⑥ 嗟（jiē）来："嗟来之食"的略语。比喻带有侮辱性的施舍。⑦ 斯滥：不自检束。⑧ 馁（něi）：饥饿。

蜡日①

风雪送余运，无妨时已和。
梅柳夹门植，一条有佳花。

我唱尔言得,酒中适何多。
未能明多少,章山有奇歌。

① 蜡(zhà)日:年终蜡祭八神之日。

饮酒二十首[一]

余闲居寡欢,兼比夜已长,偶有名酒,无夕不饮。顾影独尽,忽焉复醉。既醉之后,辄题数句自娱,纸墨遂多。辞无诠次,聊命故人书之,以为欢笑尔。
〔一〕有序。

衰荣①无定在,彼此更共之。
邵生瓜田中,宁似东陵时。
寒暑有代谢,人道每如兹。
达人②解其会[一],逝将不复疑。
忽与一觞酒,日夕欢相[二]持。
〔一〕会:一作趣。　〔二〕相:一作自。　○识度。

① 衰荣:指人生的衰败和荣耀,即兴盛和衰落。② 达人:有智慧、明白事理的人。

积善①云有报,夷叔②在[一]西山。
善恶苟不应,何事空立言。
九十行带索③,饥寒况当年。
不赖固穷节,百世当谁传。

〔一〕在：一作饥。　　○荣启期事见《列子》,至于九十犹不免行而带索,则自少壮至老,当年之饥寒不可胜述矣。

① 积善：积累善行。② 夷叔：伯夷、叔齐的并称,为抱节守志的典范。③ 九十行带索：指春秋时隐士荣启期。《列子·天瑞》记载,列子九十岁时犹无衣无带,而身穿鹿裘,束以麻绳。

道丧向千载,人人惜其情。
有酒不肯饮,但顾世间名。
所以贵我身,岂不在一生。
一生复能几,倏如流电惊。
鼎鼎百年内,持此欲何成。

栖栖①失群鸟,日暮犹独飞。
徘徊无定止,夜夜声转悲。
厉响②思清晨,远去何所依〔一〕。
因值孤生松,敛翮遥来归。
劲风无荣木③,此荫独不衰。
托身已得所,千载不相违。

〔一〕一作厉响思清远,去来何依依。　　○识度。赵泉山曰：此诗讥切殷景仁、颜延年辈附丽于宋。

① 栖栖（qī）：遑遑不安的样子。② 厉响：激出音响。③ 荣木：高大的树木；茂盛的树木。

结庐在人境,而无车马喧。
问君何能尔,心远地自偏。
采菊东篱下,悠然见南山。
山气日夕佳,飞鸟相与①还。

此中有真意，欲辩已忘言。
〇识度。此首《文选》录入《杂诗》中。

① 相与：互相；共同。

行止千万端①，谁知非与是。
是非苟相形②，雷同共誉毁。
三季多此事，达士似不尔。
咄咄③俗中愚，且当从黄绮④。
〇汤东涧曰：此篇言季世出处不齐，士皆以乘时自奋为贤，吾知从黄、绮而已。

① 端：方面；方向。② 相形：相比较；对比。③ 咄咄：表示惊讶或感叹。④ 黄绮：秦末"商山四皓"中夏黄公与绮里季的并称。

秋菊有佳色，裛①露掇②其英。
泛此忘忧物，远我遗世情③。
一觞虽独进，杯尽壶自倾。
日入群动息，归鸟趋林鸣。
啸傲东轩下，聊复得此生。
〇识度。此首《文选》录入《杂诗》中。

① 裛（yì）：同"浥"，沾湿。② 掇：采摘；摘取。③ 遗世情：脱离尘世的情怀。

青松在东园，众草没①其姿。
凝霜殄②异类，卓然见高枝。
连林人不觉，独树众乃奇。

提壶挂寒柯③,远望时复为。
吾生梦幻间,何事绁④尘羁⑤。
○识度。

① 没:掩盖;遮掩。② 殄:消灭;毁灭。③ 柯:树枝。④ 绁(xiè):束缚;约束。⑤ 尘羁(jī):世间的羁绊。

清晨闻叩门,倒裳①往自开。
问子为谁欤,田父有好怀。
壶浆远见候,疑我与时乖。
褴缕②茅檐下,未足为高栖。
一世皆尚同,愿君汩③其泥。
深感父老言,禀气寡所谐。
纡辔④诚可学,违己讵非迷。
且共欢此饮,吾驾不可回。
○识度。

① 倒裳:把衣服穿倒,形容仓促。② 褴缕(lán lǚ):破烂不堪的样子。③ 汩(gǔ):搅。④ 纡辔(yú pèi):驾马车回,走回头路。

在昔曾远游,直去东海隅。
道路迥且长,风波阻〔一〕中途。
此行谁使然,似为饥所驱。
倾身营一饱,少许便有余。
恐此非名计,息驾归闲居。
〔一〕阻:一作起。　○识度。赵泉山曰:此篇述其为贫而仕。

颜生①称为仁，荣公归有道。

屡空②不获年，长饥至于老。

虽留身后名，一生亦枯槁。

死去何所知，称心固为好。

客〔一〕养千金躯，临化消其宝。

裸葬③何必恶，人当解意表。

〔一〕客：一作各。　　○识度。归，犹称也。《论语》"天下归仁焉"，称其仁也。曹植诗"众工归我妍"，称其妍也。此归字与上句称字，对举互见。

① 颜生：指孔子的学生颜回。② 屡空：指贫穷匮乏。③ 裸葬：汉代杨王孙临死嘱咐其子，愿裸身而葬。

长公①曾一仕〔一〕，壮节忽失时。

杜门不复出，终身与世辞。

仲理②归大泽〔二〕，高风始在〔三〕兹。

一往便当已，何为复狐疑。

去去当奚道，世俗久相欺。

摆落③悠悠谈，请从余所之。

〔一〕长公：张挚也。　　〔二〕仲理：杨伦也。　　〔三〕始：一作如。

① 长公：指西汉南阳堵阳人张挚，曾官至大夫，因不能取容于当世，故致终身不仕。② 仲理：指汉杨伦。《后汉书·杨伦传》记载杨伦因其志乖于时，故离其职，并传道授业于大泽中，弟子有千余人之多。③ 摆落：摆脱；舍弃。

有客常同止①，取舍邈异境。

一士长独醉，一夫终年醒。

醒醉还相笑，发言各不领②。

规规③一何愚，兀傲④差若颖。

寄言酣中客，日没独何炳〔一〕。

〔一〕独何炳：一作烛可炳。 ○晋宋间以同居为同止，两人同居，一醉一醒，渊明以醒者规规为愚，而醉者傲兀差颖耳。

① 同止：共同居住。② 不领：不理解；不懂。③ 规规：墨守成规、浅陋拘泥的样子。④ 兀（wù）傲：孤傲不羁、高傲自负的样子。

故人赏我趣，挈壶①相与至。
班荆②坐松下，数斟已复醉。
父老杂乱言，觞酌失行次③。
不觉知有我，安知物为贵。
悠悠迷所留，酒中有深味。

① 挈壶：带着酒壶；携带酒瓶。② 班荆：在地上铺开荆条坐下，引申为与朋友共坐谈心。③ 行次：次序；顺序。

贫士乏人工①，灌木荒余宅。
班班②有翔鸟，寂寂无行迹。
宇宙何悠悠〔一〕，人生少至百。
岁月相从过〔二〕③，鬓边早已白。
若不委穷达④，素抱⑤深可惜。

〔一〕何悠悠：一作一何悠。 〔二〕从过：一作催逼。

① 人工：人力；劳动力。② 班班：络绎不绝的样子。③ 相从过：相继而过；随着流转。④ 穷达：困顿与显达。⑤ 素抱：平素的志趣与抱负。

少年罕人事①,游好在六经②。

行行③向不惑④,淹留遂〔一〕无成。

竟抱穷苦节,饥寒饱所更。

敝庐交悲风,荒草没前庭。

披褐守长夜,晨鸡不肯鸣。

孟公不在兹,终以翳吾情〔二〕。

〔一〕遂:一作自。 〔二〕孟公:陈遵也。

① 人事:世俗交往、人情世故。② 六经:《诗》《书》《礼》《易》《乐》《春秋》的并称,是孔子整理而传授的六部儒家经典。③ 行行:顺着情况进展或时序运行,此暗指时间流逝。④ 不惑:四十岁的代称。《论语·为政》有"四十而不惑"句。

幽兰生前庭,含薰①待清风。

清风脱然至,见别萧艾②中。

行行失故路,任道或能通。

觉悟当念还,鸟尽废良弓。

○鸟尽弓藏,汤东涧以为借昔人去国之语,喻已归田之志。

① 薰:香气,此泛指花草的香气。② 萧艾:艾蒿;臭草。

子云①性嗜酒,家贫无由得。

时赖好事人,载醪祛所惑。

觞来为之尽,是谘无不塞。

有时不肯言,岂不在伐国②。

仁者用其心,何尝失显默③。

○识度。末句用柳下惠事,盖以扬雄、柳下自比。陶公与亲旧亦好纵言畅论,但不言禅代事耳。

① 子云：西汉著名的文学家扬雄的字。② 伐国：征伐别国。柳下惠曾经拒绝回答鲁公所询问的伐齐之事。③ 显默：这里说仁者如扬雄柳下惠，他们是分得清什么该说，什么不该说的。

畴昔苦长饥，投耒①去学仕。
将养不得节，冻馁固〔一〕缠己。
是时向立年②，志意多所耻。
遂尽介然③分，拂衣〔二〕归田里。
冉冉星气流，亭亭复一纪④。
世路廓悠悠，杨朱所以止。
虽无挥金事，浊酒聊可恃。

〔一〕固：一作故。　〔二〕拂衣：一作终死。　○彭泽之归，在义熙元年，此云复一纪，则赋此《饮酒》，当是义熙十二三年间。

① 投耒：放下农具；辍耕。② 向立年：接近三十岁。《论语·为政》有"三十而立"句。③ 介然：正直不阿；高洁自持。④ 一纪：十二年。

羲农①去我久，举世少复真。
汲汲②鲁中叟，弥缝使其淳。
凤鸟虽不至，礼乐暂得新。
洙泗③辍微响，漂流逮狂秦。
诗书复何罪，一朝成灰尘。
区区诸老翁，为事诚殷勤。
如何绝世下，六籍无一亲。
终日驰车走④，不见所问津。
若复不快饮，空负头上巾。
但恨多谬误，君当恕醉人。

○识度。

① 羲农：伏羲氏和神农氏的并称。② 汲汲：心情急切的样子。③ 洙泗：洙水和泗水的并称。二水春秋时属鲁地，孔子在洙泗之间聚徒讲学。④ 驰车走：驾驶车飞快前往，此指为名利而东奔西走。

止酒

居止次①城邑，逍遥自闲止。
坐止高荫下，步止荜门②里。
好味止园葵，大欢止稚子。
平生不止酒，止酒情无喜。
暮止不安寝，晨止不能起。
日日欲止之，营卫③止不理。
徒知止不乐，未信〔一〕止利己。
始觉止为善，今朝真止矣。
从此一止去，将止扶桑涘④。
清颜止宿容，奚止千万祀。

〔一〕信：一作知。　○首六句，止字俱不贴酒说；末三句，止字亦不贴酒。

① 次：在……旁边；靠近。② 荜（bì）门：葛藤搭成的门，此指破旧简陋的房屋。③ 营卫：中医上营气和卫气的统称。④ 涘（sì）：水边；岸边。

述酒[一]

重离①照南陆，鸣鸟声相闻[二]。
秋草虽未黄，融风②火已分。
素砾③皛修渚，南岳无余云[三]。
豫章④抗高门，重华⑤固灵坟[四]。
流泪抱中叹，倾耳听司晨[五]⑥。
神州献嘉粟，西灵为我驯[六]。
诸梁董师旅，芈胜⑦丧其身[七]。
山阳归下国，成名犹不勤[八]。
卜生善斯牧，安乐不为君[九]。
平生去旧京，峡口纳遗薰。
双陵甫云育，三趾显奇文。
王子爱清吹，日中翔河汾。
朱公练九齿，闲居离世纷。
峨峨西岭内，偃息常所亲[十]。
天容自永固，彭殇⑧非等伦[十一]。

〔一〕旧注：仪狄造酒，杜康润色之。　○刘裕以毒酒一瓶授张伟，使鸩恭帝，继又令兵人逾垣进药，王不肯饮，遂掩杀之。国藩按，汤文清公汉注《述酒》诗，定为廋辞隐语，盖恭帝哀诗，兹摘抄一二。吴师道补汤之说，亦附抄之。　〔二〕司马氏出重黎之后，以离为黎，故为错乱也。　〔三〕修渚指长江，即江左也。此二句言气数衰谢。　○已上言晋室南渡，国虽未亡，而势已分裂矣。　〔四〕刘裕初封豫章王。重华谓恭帝禅宋也。〔五〕因恭帝之弑，故流泪长叹而达曙。　〔六〕义熙十四年，巩县人献嘉禾。西灵当作四灵，裕受禅文有"四灵效征"之语。〔七〕叶公杀白公胜，喻裕剪宗室之有才望者。　〔八〕《谥法》：不勤成名曰灵。　○二句以魏降汉献为山阳公，而卒弑之，喻裕废帝为零陵王，而卒弑之也。　〔九〕安乐公，盖以刘禅比恭帝。　〇"卜生"句、"平生"八句，不甚可解，汤公之说亦不可通。　〔十〕西岭当指恭帝所葬之地，谓偃息丘山。〔十一〕天容自固，岂与寻常之寿夭并论哉！

①重离：指太阳。②融风：指东北风。③素砾：白色的石子。④豫章：刘裕曾被封为豫章郡公。⑤重华：虞舜。⑥司晨：报晓的雄鸡。⑦芈（mǐ）胜：为楚平王太子芈建之子，又称白公胜。曾自立为王，为叶公击败，死。⑧彭殇：长寿和夭亡。彭，即彭祖，代指高寿；殇，指未成年而死。

拟古九首

荣荣窗下兰，密密堂前柳。
初与君别时，不谓①行当久。
出门万里客，中道逢嘉友。
未言心相醉，不在接杯酒。
兰枯柳亦衰，遂令此言负〔一〕。
多谢②诸少年，相知不忠〔二〕厚。
意气倾人命，离隔复何有。

〔一〕一作时没身还朽。　〔二〕忠：一作相。　〇陈沆曰：渊明初辞义熙之辟，亦谓时未可以仕耳，岂图大命遽倾，终古永诀哉。

①不谓：没想到。②多谢：嘱托；劝告。

辞家夙①严驾②，当往志无终。
问君今何行，非商复非戎③。
闻有田子泰④，节义为士雄。

斯人久已死，乡里习其风。
生有高世名，既没传无穷。
不学狂〔一〕驰子⑤，直在百年中。

〔一〕狂：一作驱。　　○田畴，字子泰，事刘虞，虞为公孙瓒所害，誓为报仇，不遂。陶公盖以畴自比。

① 凤：早晨。② 严驾：整理准备车马。③ 戎：军事。④ 田子泰：即田畴，东汉末年隐士。其精诚之至和坚持守正不阿的操守。⑤ 狂驰子：追求名利、奔竞钻营之人。

仲春①遭时雨，始雷发东隅。
众蛰各潜骇②，草木从横〔一〕舒。
翩翩新来燕，双双入我庐。
先巢③故尚在，相将④还旧居。
自从分别来，门庭日荒芜。
我心固匪石⑤，君情定何如。

〔一〕横：一作此。　　○陈沆曰：旧巢尚存，主人安在，燕独何心，忍恋新而忘旧耶？

① 仲春：春季的第二个月，即农历二月。② 潜骇：指藏在隐蔽处被惊醒。③ 先巢：原先的巢穴。④ 相将：互相陪伴。⑤ 匪石：不是石头，比喻心志坚定不移。

迢迢①百尺楼，分明②望四荒。
暮作归云宅，朝为飞鸟堂。
山河满目中，平原转〔一〕茫茫。
古时功名士，慷慨争此场。
一旦百岁后，相与还北邙③。
松柏为人伐，高坟互低昂。

颓基④无遗主，游魂在何方。
荣华诚足贵，亦复可怜伤。

〔一〕转：毛作独。　○识度。陈沆曰：山河、功名、战争、慷慨，谓平定燕秦之人也。

① 迢迢：高耸的样子。② 分明：清晰。③ 北邙（máng）：山名，在洛阳北。东汉、魏、晋时的王侯公卿多葬于此。④ 颓基：指倒塌的墓地基石。

东方有一士，被服常不完①。
三旬②九遇食，十年着③一冠。
辛苦无此比，常有好容颜。
我欲观其人，晨去越河关。
青松夹路生，白云宿檐端。
知我故来意，取琴为我弹。
上弦惊别鹤④，下弦操孤鸾⑤。
愿留就君住，从今至岁寒。
○识度。陈沆曰：此渊明自咏。

① 完：完整。② 三旬：即三十天。③ 着：穿戴；戴着。④ 别鹤：即《别鹤操》，汉琴曲名。⑤ 孤鸾：即《双凤离鸾》，汉琴曲名。

苍苍谷中树，冬夏常如兹。
年年见霜雪，谁谓不知时。
厌闻①世上语，结友到临淄。
稷下②多谈士，指彼决吾疑。
装束既有日，已与家人辞。
行行停出门，还坐更自思。

不怨道里长,但畏人我欺。

万一不合意,永为世笑嗤〔一〕。

伊怀难具道③,为君作此诗。

〔一〕嗤:一作之。　　○稷下决疑,亦詹尹问卜之类。渊明不仕之志久定,姑托为访卜稷下之辞耳。

① 厌闻:厌恶听到。② 稷(jì)下:即稷下学宫,位于齐国国都临淄稷门附近。始建于齐桓公田午时期。③ 具道:详尽地叙述。

日暮天无云,春风扇微和。
佳人美清夜,达曙①酣且歌。
歌竟长叹息,持此感人多。
皎皎②云间月,灼灼②叶中华③。
岂无一时好,不久当如何。
○识度。前六句,公自咏。后四句,叹趋时附势之人。

① 达曙:直到天明。② 灼灼(zhuó):明亮的样子;鲜明的样子。③ 华:同"花",花朵。

少时壮且厉①,抚剑②独行游。
谁言行游近,张掖③至幽州。
饥食首阳薇④,渴饮易水流。
不见相知人,惟见古时丘。
路边两高坟,伯牙⑤与庄周。
此士难再得,吾行欲何求。
○首阳、易水、伯牙、庄周,陶公之志事可见矣。

① 厉:勇猛;威武。② 抚剑:按剑。③ 张掖(yè):汉郡名,后又称甘州。今为甘肃省张掖市。④ 首阳薇:相传周武王灭商后,

伯夷、叔齐不愿做周的臣子,在首阳山上采薇而食。⑤伯牙:即俞伯牙,善奏《高山流水》,被人尊为"琴仙",与钟子期互为知音。

　　种桑长江边,三年望当采。
　　枝条始欲茂,忽值山河改。
　　柯叶自摧折,根株浮沧海。
　　春蚕既无食,寒衣欲谁待。
　　本不植高原,今日复何悔。
　　〇识度。两晋立国,本无苞桑之固,干宝论之详矣。末二句,似追咎谋国者之不臧。

杂诗十二首

　　人生无根蒂①,飘如陌上尘。
　　分散逐风转,此已非常身。
　　落地②为〔一〕兄弟,何必骨肉亲。
　　得欢当作乐,斗酒聚比邻。
　　盛年不重来,一日难再晨。
　　及时当勉励,岁月不待人。
　〔一〕落地为:一作流落成。　〇落地为兄弟,言随处相逢皆兄弟也。

　①根蒂:植株的根和蒂。此处引申为根基、根本之意。②落地:指婴儿出生,此处引申为人生下来之意。

　　白日沦①西河,素月出东岭。
　　遥遥万里辉,荡荡空中景。

风来入房户，夜中枕席冷。
气变悟时易②，不眠知夕永。
欲言无予和③，挥杯劝孤影。
日月掷人去，有志不获骋④。
念此怀悲凄，终晓不能静。

① 沦：倾落；沉没。② 易：更替；变化。③ 无予和：即无和予，没有人和我对答。④ 获骋：实现抱负。

荣华难久居，盛衰不可量。
昔为三春蕖①，今作秋莲房②。
严霜结野草，枯悴未遽央③。
日月还复周〔一〕，我去不再阳。
眷眷④往昔时，忆此断人肠。

〔一〕还复周：一作有环周。　　○此篇亦感兴亡之意。

① 蕖（qú）：荷花。② 莲房：莲蓬。③ 遽（jù）央：立刻结束，此处引申为马上枯死之意。④ 眷眷（juàn）：依恋、怀念的样子。

丈夫志四海，我愿不知老。
亲戚共一处，子孙还相保。
觞弦肆①朝日，樽中酒不燥。
缓带②尽欢娱，起晚眠常早。
孰若当世士，冰炭满怀抱。
百年归丘垄③，用此空名道。

○"不知老"句贯下六句，谓自少至老，只在一丘一壑之中，与亲戚子孙相聚，正与"四海"句相反。末四句，谓死后纵有空名，而生前冰炭满怀，已不胜其苦矣。

①肆：布陈；展放。②缓带：解带，此处引申为悠闲自在、从容不迫。③丘垄（lǒng）：坟墓。

忆我少壮时，无乐自欣豫①。
猛志逸四海，骞翮思远翥②。
荏苒③岁月颓，此心稍已去。
值欢无复娱，每每多忧虑。
气力渐衰损，转觉日不如。
壑舟④无须臾，引我不得住。
前途当几许，未知止泊处。
古人惜寸阴，念此使人惧。

①自欣豫：自得其乐；自我心情愉快。②远翥（zhù）：远飞；高飞。③荏苒（rěn rǎn）：指时光流逝。④壑舟：语出《庄子·大宗师》，指藏在山谷中的舟，也会被悄悄偷走，用以比喻在不知不觉中事物不停地变化。

昔闻长者言，掩耳每不喜。
奈何五十年，忽已亲此事。
求我盛年欢，一毫无复意。
去去转欲远，此生难〔一〕再值。
倾家持〔二〕作乐，竟此岁月驶。
有子不留金，何用身后置。
〔一〕难：一作岂。　〔二〕持：一作时。

日月不肯迟，四时相催迫。
寒风拂枯条，落叶掩长陌。
弱质①与运颓，玄鬓②早已白。

素标③插入头，前途渐就窄。
家为逆旅④舍，我如当去客。
去去欲何之，南山有旧宅。

○素发在头，若标识然。前途渐窄，犹云来日渐短也。

① 弱质：体质衰弱；虚弱。② 玄鬓：黑发。③ 素标：白发。④ 逆旅：客舍；旅店。

代耕①本非望〔一〕，所业在田桑。
躬亲②未曾替，寒馁常糟糠③。
岂期过满腹，但愿饱粳粮④。
御冬足大布，粗绤⑤以应阳。
正尔不能得，哀哉亦可伤。
人皆尽获宜，拙生失其方。
理也可奈何，且为陶一觞。

〔一〕代耕，禄也。　　○既失其方，则寒馁乃其理也。

① 代耕：为官得俸禄。② 躬亲：亲自去做；亲身参与。这里指亲身耕种。③ 糟糠（zāo kāng）：旧时穷人用来充饥的酒渣、米糠等粗劣食物。④ 粳（jīng）粮：泛指米粮。⑤ 粗绤（chī）：粗葛布。绤，细葛布。

遥遥从羁役①，一心处两端。
掩泪泛②东逝，顺流追时迁。
日没星与昴③，势翳西山巅。
萧条隔天涯，惆怅念常飡④。
慷慨思南归，路遐无由缘。
关梁⑤难亏替，绝音寄斯篇。

○渊明未尝有远行之役，似因故国已亡，譬若远行在外，无家可归，托为之辞。后二首，亦有行役之感，不甚可解。

① 羁役：羁旅行役。指客居异乡或出行。② 泛：乘船。③ 昴（mǎo）：星宿名。④ 飧（sūn）：晚饭。后亦泛指饭食。⑤ 关梁：关口和桥梁。

闲居执①荡志，时驶不可稽②。
驱役无停息，轩裳③逝东崖。
沉阴拟薰麝④，寒气激我怀。
岁月有常御，我来淹已弥。
慷慨忆绸缪⑤，此情久已离。
荏苒经十载，暂为人所羁。
庭宇翳余木，倏忽日月亏。

① 执：持；守。② 稽（jī）：停留；停止。③ 轩裳：即车舆礼服。④ 薰麝（xūn shè）：指香气浓郁的麝香。⑤ 绸缪（móu）：情意殷切。

我行未云远，回顾惨风凉。
春燕应节起，高飞拂尘梁。
边雁悲无所，代谢归北乡。
离鹍鸣清池，涉暑经秋霜。
愁人难为辞，遥遥春夜长。

袅袅①松标崖，婉娈柔童子。
年始三五间，乔柯②何可倚〔一〕。
养色含津气，粲然有心理。

〔一〕一作柯条何滓滓，又作华柯真可寄。　○东坡和陶诗无此篇。

① 袅袅（niǎo）：摇曳的样子；飘动的样子。② 乔柯：高树枝。

咏贫士七首

万族①各有托，孤云独无依。
暧暧②空中灭，何时见余晖。
朝霞开宿雾③，众鸟相与飞。
迟迟出林翮，未夕复来归〔一〕。
量力守故辙，岂不寒与饥。
知音苟不存，已矣何所悲。

〔一〕复来归：一作已复归。　　○识度。云见而随灭，鸟出而复归，皆喻己之甘守故辙，早赋归来也。汤东涧曰：孤云倦翮，以喻举世皆乘风云，而己独无攀缘飞翮之意，宁忍饥寒，以守志节，纵无知此意者，亦不足悲也。

① 万族：万物，指各类事物。② 暧暧（ài）：昏暗的样子。③ 宿雾：夜晚时生成的雾气。

凄厉①岁云暮，拥〔一〕褐②曝前轩。
南圃无遗秀，枯条盈北园。
倾壶绝余沥③，窥灶不见烟。
诗书塞座外，日昃不遑④研。
闲居非陈厄⑤，窃有愠⑥见言。
何以慰吾怀，赖古多此贤。

〔一〕拥：一作短。　　○识度。

①凄厉：凄凉；阴郁。②拥褐：穿着粗布衣服。③余沥：剩酒。④不遑（huáng）：没有闲暇。⑤陈厄：借指困厄。⑥愠（yùn）：怨恨。

荣叟①老带索，欣然方弹琴。
原生②纳决履，清歌唱商〔一〕音。
重华去我久，贫士世相寻。
敝襟③不掩肘，藜羹常乏斟。
岂忘袭轻裘，苟得非所钦。
赐也徒能辩，乃不见吾心。

〔一〕商：一作高。　　○识度。

①荣叟：指春秋时隐士荣启期。常常在郊野"鹿裘带索，鼓琴而歌"，怡然自乐。②原生：指孔子的弟子原宪。相传孔子死后，原宪隐居于卫国，以蓬户褐衣蔬食为乐。③敝襟：破旧的衣服。

安贫守贱者，自古有黔娄①。
好爵吾不荣，厚馈②吾不酬。
一旦寿命尽，敝服③仍〔一〕不周④。
岂不知其极，非道⑤故无忧。
从来将千载，未复见斯俦⑥。
朝与仁义生，夕死复何求。

〔一〕敝服仍：一作敝覆乃。　　○识度。

①黔娄：战国时期齐国著名的隐士，又号黔娄子，以励志苦节，安贫乐道为世人称道。②厚馈（kuì）：丰厚的馈赠。③敝服：破烂的服装。④周：整齐；完备。⑤非道：不合道义。⑥斯俦：这类人；此类人。

袁安①困积雪，邈然不可干②。
阮公见钱入，即日弃其官。
刍藁③有常温，采莒④足朝飧。
岂不实辛苦，所惧非饥寒。
贫富常交战，道胜无戚〔一〕颜⑤。
至德冠邦闾⑥，清节映西关。

〔一〕戚：一作厚。

① 袁安：东汉名臣，相传其虽穷困却仍坚守节操。② 干：触犯，冒犯。③ 刍藁（chú gǎo）：喂牲畜的草和禾秆。④ 莒（jǔ）：古代"芋"的别称，芋，植物，块茎可食。⑤ 戚颜：悲伤和忧愁的面色。⑥ 邦闾（lú）：府县乡里。

仲蔚①爱穷居，绕宅生蒿蓬②。
翳然绝交游，赋诗颇能工③。
举世无知者〔一〕，止有一刘龚。
此士胡独然，实由罕所同。
介焉安其业，所乐非穷通。
人事固以拙，聊得长相从。

〔一〕者：一作音。　　○《庄子》：古之得道者，穷亦乐，通亦乐，所乐非穷通也。

① 仲蔚：即隐士张仲蔚。张仲蔚善属文，好诗赋，常居穷素，隐居处所位于蓬蒿间。② 蒿蓬：即蒿和蓬，此处泛指杂草。③ 工：熟练；精通。

昔在黄子廉①，弹冠②佐名州。
一朝辞吏归，清贫略难俦。
年饥感仁妻，泣涕向我流。

丈夫虽有志，固为儿女忧。
惠孙一晤叹③，腆赠④竟莫酬。
谁云固穷难，邈哉此前修。
○《黄盖传》云：南阳太守黄子廉之后也。

① 黄子廉：名守亮，曾任南阳太守。在任期间，以身作则，十分廉政。② 弹冠：弹去帽子上的灰尘。此处引申为作官。③ 晤叹：叹息。④ 腆（tiǎn）赠：郑重地赠送；厚赠。

咏二疏〔一〕

大象①转四时，功成者自去。
借问衰周来，几人得其趣②。
游目汉廷中，二疏复此举。
高啸③返旧居，长揖④储君傅。
饯送⑤倾皇朝，华轩盈道路。
离别情所悲，余荣何足顾。
事胜感行人，贤哉岂常誉。
厌厌⑥闾里欢，所营非近务。
促席延故老，挥觞道平素。
问金终寄心，清言晓未悟。
放意乐余年，遑惜身后虑。
谁云其人亡，久而道弥著。

〔一〕汤东涧曰：二疏取其归，三良与主同死，荆轲为主报仇，皆托古以自见云。

① 大象：天象；大道。② 趣：意旨。③ 高啸：高声吟唱，此处引申为无所拘束。④ 长揖（yī）：拱手高举，自上而下行礼。⑤ 饯送：设酒送行。⑥ 厌厌：安逸的样子。

咏三良

弹冠乘通津①，但惧时我遗。
服勤②尽岁月，常恐功愈微。
忠情谬获露，遂为君所私。
出则陪文舆③，入必侍丹帷④。
箴规⑤向已从，计议初无亏。
一朝长逝后，愿言同此归。
厚恩固难忘，君命安可违。
临穴罔⑥迟疑，投义志攸希。
荆棘笼高坟，黄鸟声正悲。
良人不可赎，泫然沾我衣。

① 通津：交通极便利的津渡，后比喻显要的职位。② 服勤：尽力；尽职。③ 文舆：饰以彩绘的车，引申为华美的车。④ 丹帷：红色的帐幕。⑤ 箴规：教训规劝。⑥ 罔：没有。

咏荆轲

燕丹善养士，志在报强嬴。
招集百夫良，岁暮得荆卿。

君子死知己,提剑出燕京。
素骥鸣广陌,慷慨送我行。
雄发指危冠,猛气冲长缨。
饮饯易水上,四座列群英。
渐离①击悲筑,宋意②唱高声。
萧萧哀风逝,淡淡寒波生。
商音③更流涕,羽奏壮士惊。
心知去不归,且有后世名。
登车何时顾,飞盖入秦庭。
凌厉越万里,逶迤④过千城。
图穷事自至,豪主正怔营。
惜哉剑术疏,奇功遂不成。
其人虽已没,千载有余情[一]。

〔一〕一作斯人久已没,千载有深情。 ○《淮南子》：高渐离、宋意为击筑,而歌于易水之上。

① 渐离：即战国燕人高渐离,善击筑。② 宋意：荆轲的朋友,与夏扶、高渐离等人一起送别荆轲。③ 商音：五音之一,其声悲凉哀怨。④ 逶迤：弯曲蜿蜒。

读《山海经》十三首

孟夏①草木长,绕屋树扶疏②。
众鸟欣有托,吾亦爱吾庐。
既耕亦已种,时还读我书。
穷巷隔深辙③,颇回故人车。

欢言酌春酒④,摘我园中蔬。

微雨从东来,好风与之俱。

泛览周王传,流观山海图。

俯仰⑤终宇宙,不乐复何如。

○识度。《周穆天子传》者,太康二年,汲县民发古冢所获书也。

① 孟夏:初夏。② 扶疏:枝叶蓬勃而茂密。③ 深辙:深深的车辙。此指代达官贵人所乘之车。④ 春酒:冬酿春熟之酒。⑤ 俯仰:仰望和俯视,形容时间短暂。

玉台〔一〕凌霞①秀,王母怡妙颜。

天地共俱生,不知几何年。

灵化②无穷已,馆宇③非一山。

高酣④发新谣,宁效俗中言。

〔一〕台:一作堂。　　○《山海经》云:玉山,王母所居。郭璞注云:王母亦有离宫别馆,不专住一山也。　　○《穆天子传》:西王母宴穆王于瑶池之上,为天子谣曰云云。

① 凌霞:高耸在霞光中。② 灵化:神奇超自然的变化。③ 馆宇:府邸;宫殿。④ 高酣:在盛大宴会中高兴畅饮。

迢递①槐江岭,是谓玄圃丘。

西南望昆墟〔一〕②,光气难与俦③。

亭亭明玕④照,落落清瑶流。

恨不及周穆⑤,托乘一来游。

〔一〕墟:一作仑。　　○《西山经》:槐江之山,其上多琅玕,实惟帝之玄圃。南望昆仑,其光熊熊,其气魂魂,爰有淫流,其清洛洛。瑶流,即淫流也。

① 迢递:曲折延绵的样子。② 昆墟:又称"昆仑墟",指昆

仑山。③ 侔：匹敌。④ 明玕：竹的别称。⑤ 周穆：指周穆王。《穆天子传》载有他乘八骏西行见西王母的故事。

丹木生何许，乃在崟山〔一〕阳。
黄花复朱实，食之寿命长。
白玉凝素液，瑾瑜①发奇光。
岂伊君子宝，见重我轩黄②。

〔一〕崟：音密。《山海经》云：崟山上多丹木，黄华而赤实。丹水出焉。其中多白玉，是有玉膏，黄帝是食是飨。

① 瑾瑜：美玉。② 轩黄：即黄帝。黄帝又名轩辕，故称。

翩翩三青鸟①，毛色奇可怜②。
朝为王母使，暮归三危山。
我欲因③此鸟，具向王母言。
在世无所须，惟酒与长年。

○《山海经》云：三青鸟，主为西王母取食。又曰：三危之山，三青鸟居之。

① 三青鸟：即青鸟，传说中的仙鸟，相传是西王母的使者。② 可怜：可爱。③ 因：借助。

逍遥芜皋①上，杳然望扶木②。
洪柯③百万寻，森散覆旸谷④。
灵人侍丹池⑤，朝朝为日浴。
神景一登天，何幽不见烛。

○《东山经》：芜皋之山，东望榑木。《海外东经》：旸谷上有扶桑，十日所浴。

① 芜皋：传说中的山名。② 扶木：即扶桑，神话中的树名。相传为日出处。③ 洪柯：高大的树木。④ 旸谷：传说中日出的地方。⑤ 丹池：传说中的水名。

粲粲三珠树①，寄生赤水阴。
亭亭凌风桂，八干②共成林。
灵凤抚云舞，神鸾调玉音。
虽非世上宝，爰得王母心。
○《山经》云：三珠树，生赤水上。桂林八树，在番隅东。八树而成林，言其大也。载民之国，鸾鸟自歌，凤鸟自舞。

① 三珠树：《山海经》中所记载的珍木。② 八干：八棵树木，言树木极大。

自古皆有没，何人得灵长①。
不死复不老，万岁如平常。
赤泉给我饮，员丘②足我粮。
方与三辰③游，寿考岂渠央④。
○《山经》云：不死民，在交脛国东。其人黑色，寿不死。

① 灵长：长生不老。② 员丘：神话中仙人所居住的地方。③ 三辰：指日、月、星。④ 渠央：匆促结束。

夸父诞宏志，乃与日竞走。
俱至虞渊①下，似若无胜负。
神力既殊妙②，倾河焉足有。
余迹寄③邓林④，功竟在身后。

① 虞渊：传说中日落之处。② 殊妙：绝妙；绝佳。③ 寄：寄

托；寄予。④ 邓林：古代神话中的树林。《山海经》载夸父死后，化为邓林。

精卫衔微木①，将以填沧海。
刑天②舞干戚，猛志故常在。
同物既无虑，化去不复悔。
徒设在昔心，良晨讵可待③。

○《山经》云：精卫，炎帝之少女，名曰女娃。游于东海，溺而不返。常衔西山之木石，以堙东海。刑天，兽名也，口中好衔干戚而舞。

① 微木：细小的木头。② 刑天：中国古代神话中的人物。以自身双乳作眼，以肚脐为嘴，双手各持一柄利斧和一面盾牌作战。③ 讵可待：怎么能等待。

巨猾肆威暴，钦䲹①违帝旨。
窫窳②强能变，祖江遂独死。
明明上天鉴，为恶不可履。
长枯固已剧，鵕鹗③岂足恃。

① 钦䲹（péi）：古代神话中的神祇名。《山海经》载钦䲹与鼓联手在昆仑山的南面杀了祖江。② 窫窳（yà yǔ）：古代神话中神祇名。原为人首蛇身，被杀后身形改变，以吃人为生。③ 鵕鹗（jùn è）：古代神话中鼓与钦䲹的化形。

鹛鹅〔一〕①见城邑，其国有放士②。
念彼怀王③世，当时数来止。
青丘有奇鸟，自言独见尔。
本为迷者生，不以喻君子。

〔一〕鹛鹅：当作鸱鹕。

① 鹒（zhōu）鹒：古代神话中一种不吉祥的怪鸟，相传它会危害士人和君子，所到之处会发生政治动荡。② 放士：被放逐的士人。③ 怀王：即楚怀王。

岩岩①显朝市，帝者慎用才。
何以废共鲧②，重华③为之来。
仲父④献诚言，姜公乃见猜。
临没告饥渴，当复何及哉。

○鲧窃帝之息壤，以埋洪水，帝令祝融杀之羽丘。仲父请去竖刁三子，齐桓公不听。

① 岩岩：浩大威严的样子。② 共鲧：共工与鲧并称。相传尧舜时期的四罪有共工、三苗、骧兜和鲧。③ 重华：即虞舜。④ 仲父：即齐桓公时期的贤相管仲。

拟挽歌辞三首

有生必有死，早终非命促。
昨暮同为人，今旦在鬼录①。
魂气散何之，枯形②寄空木。
娇儿索父啼，良友抚我哭。
得失不复知，是非安能觉。
千秋万岁后，谁知荣与辱。
但恨在世时，饮酒不得足。

① 鬼录：记录死人的册子，指去世。② 枯形：干瘪的尸体。

在昔无酒饮，今旦〔一〕湛①空觞。

春醪②生浮蚁，何时更能尝。

肴案③盈我前，亲旧哭我旁。

欲语口无音，欲视眼无光。

昔在高堂寝，今宿荒草乡。

一朝出门去，归来夜未央④。

〔一〕旦：一作但。

① 湛：清澈。② 春醪：指酒。③ 肴案：摆满菜肴的桌案。④ 未央：未尽；未已。

荒草何茫茫，白杨亦萧萧①。

严霜九月中，送我出远郊。

四面无人居，高坟正嶕峣②。

马为仰天鸣③，风为自萧条〔一〕。

幽室④一已闭，千年不复朝⑤。

千年不复朝，贤达无奈何。

向来相送人，各自还其家。

亲戚或余悲⑥，他人亦已⑦歌。

死去何所道，托体同山阿⑧。

〔一〕一作鸟为动哀鸣，林为结风飚。

① 萧萧：草木摇落声。② 嶕峣（jiāo yáo）：高耸而险峻的样子。③ 仰天鸣：向天空仰头嘶鸣。④ 幽室：墓穴。⑤ 朝：朝阳。⑥ 余悲：留有悲伤。余，遗留。⑦ 亦已：又已。⑧ 山阿：山的曲折处。

桃花源诗〔一〕

晋太元中，武陵人捕鱼为业。缘溪行，忘路之远近。忽逢桃花林，夹岸数百步，中无杂树，芳草鲜美，落英缤纷。渔人甚异之。复前行，欲穷其林。

林尽水源，便得一山，山有小口，仿佛若有光。便舍船，从口入。初极狭，才通人。复行数十步，豁然开朗。土地平旷，屋舍俨然，有良田、美池、桑竹之属。阡陌相通，鸡犬相闻。其中往来种作，男女衣着，悉如外人。黄发垂髫，并怡然自乐。

见渔人，乃大惊，问所从来。具答之。便要还家，设酒杀鸡作食。村中闻有此人，咸来问讯。自云先世避秦时乱，率妻子邑人来此绝境，不复出焉，遂与外人间隔。问今是何世，乃不知有汉，无论魏晋。此人一一为具言所闻，皆叹惋。余人各复延至家，皆出酒食。停数日，辞去。此中人语云："不足为外人道也。"

既出，得其船，便扶〔二〕向路，处处志之。及郡下，诣太守，说如此。太守即遣人随其往。寻向所志，遂迷，不复得路。

南阳刘子骥，高尚士也，闻之，欣然规往〔三〕。未果，寻病终。后遂无问津者。

〔一〕并记。　〔二〕扶：一作于。　〔三〕一本有游焉二字。

嬴氏①乱天纪，贤者避其世。
黄绮②之商山，伊人亦云逝。
往迹浸复湮③，来径遂芜废。

相命肆农耕④,日入从所憩。
桑竹垂余荫,菽稷⑤随时艺。
春蚕收长丝,秋熟靡王税。
荒路暧交通,鸡犬互鸣吠。
俎豆⑥犹古法,衣裳无新制。
童孺纵行歌,斑白⑦欢游诣。
草荣识节和⑧,木衰知风厉。
虽无纪历志,四时自成岁。
怡然有余乐,于何劳智慧。
奇踪隐五百,一朝敞神界。
淳薄⑨既异源,旋复还幽蔽。
借问游方士,焉测尘嚣外。
愿言蹑轻风,高举寻吾契。

① 嬴氏:秦国国姓。② 黄绮:汉初"商山四皓"中夏黄公与绮里季的并称。③ 湮:沉没;埋没。④ 肆农耕:努力耕种。肆(yì),学习。⑤ 菽稷(shū jì):豆和小米,此处泛指粮食。⑥ 俎(zǔ)豆:俎和豆,古代祭祀、宴会时使用的两种器皿,此处泛指各种礼器。⑦ 斑白:指年老人。⑧ 节和:节令和顺;守时和谐。⑨ 淳薄:淳,桃花源中淳朴的风俗。薄,人间浇薄的风俗。

谢康乐五古

六十五首

述祖德诗二首

序曰：太元中，王父龛定淮南，负荷世业，尊主隆人。逮贤相徂谢，君子道消，拂衣蕃岳，考卜东山，事同乐生之时，志期范蠡之举。

达人贵自我①，高情②属天云。
兼抱济物性，而不婴③垢氛④。
段生⑤藩魏国，展季⑥救鲁人。
弦高⑦犒晋师〔一〕，仲连却秦军。
临组乍不绁⑧，对珪宁肯分。
惠物辞所赏，励志故绝人。
苕苕历千载，遥遥播清尘。
清尘竟谁嗣，明哲垂经纶〔二〕。
委讲缀道论，改服康世屯。
屯难既云康，尊主隆斯民。

〔一〕晋：旧作晋。《吕氏春秋》载，秦三帅对弦高之言曰：晋之道也，迷惑，陷入大国之地。高诱注曰：晋，国名也。　〔二〕明哲：指祖玄也。　〇工律。

① 贵自我：重视自我价值。② 高情：高尚的情操。③ 婴：缠绕，指受影响。④ 垢氛：污浊的气氛。⑤ 段生：战国人段干木，隐居魏国，受魏文侯礼重。秦王本欲攻魏，因段在魏而打消念头。⑥ 展季：即柳下惠。曾教给展喜智退齐军的计谋。⑦ 弦高：春秋时期郑国商人。曾在国家危难之时，假装犒师智退秦军。⑧ 绁（xiè）：绳索，此处指系住。

中原昔丧乱，丧乱岂解已。

崩腾①永嘉末，逼迫②太元始〔一〕。
河外无反正，江介③有蹙圮④。
万邦咸震慑，横流赖君子。
拯溺由道情，龛暴⑤资神理。
秦赵欣来苏，燕魏迟文轨⑥。
贤相谢世运，远图因事止。
高揖⑦七州外，拂衣五湖里。
随山疏浚潭，傍岩艺枌梓⑧。
遗情舍尘物，贞观丘壑美。

〔一〕永嘉，怀帝年号；太元，孝武年号。　○工律。　河外，谓洛阳，西晋一失，不复反正也。江介，谓金陵，东晋疆宇日蹙也。贤相，谓祖玄也。舜分十二州，东晋时有其七，故曰七州。

① 崩腾：此处指国家政局动荡不安。② 逼迫：此处指国家政权受到威胁。③ 江介：沿江一带。④ 蹙圮（cù pǐ）：国土侵削，国家倾覆。⑤ 龛（kān）暴：平定动乱。⑥ 迟文轨：等待书同文，车同轨，即等待统一。迟，等待。⑦ 高揖：双手举过头顶作揖。亦为古时辞别时的礼节。⑧ 艺枌梓：即期待回到北方故乡。艺，种植。枌，白榆。梓，古人用以制作棺木。枌梓，代指故里。

九日从宋公戏马台集送孔令〔一〕

季秋①边朔苦，旅雁违霜雪。
凄凄阳卉腓②，皎皎寒潭洁。
良辰感圣心，云旗兴暮节。
鸣葭③戾④朱宫，兰卮献时哲。
饯宴光有孚⑤，和乐隆所缺。

在宥天下理，吹万群方悦。
归客遂海隅，脱冠⑥谢朝列。
弭棹薄枉渚，指景待乐阕。
河流有急澜，浮骖⑦无缓辙。
岂伊川途念，宿心愧将别。
彼美丘园道，喟焉伤薄劣。

〔一〕武帝为宋公，在彭城，九日出项羽戏马台。○孔靖，字季恭，宋台初建，以为尚书令，让不受，辞谢东归，高祖饯之，百僚咸赋诗。　　○时哲、归客，皆指孔令也。《毛诗序》曰：鹿鸣废，则和乐缺矣。此云隆所缺，谓尚有鹿鸣之意。孔以养素为荣，而己以恋位为辱，故云愧将别。

① 季秋：秋季的最后一个月。② 腓（féi）：干枯萎缩。③ 鸣葭：吹奏竹管乐器。④ 戾：到。⑤ 光有孚：光大了《周易》所说"有孚于饮酒"的精神。孚，诚信。⑥ 脱冠：脱去冠冕，此处引申为辞去官职。⑦ 浮骖（cān）：浮，轻快的样子。骖，驾车的马。

从游京口北固应诏

玉玺戒诚信，黄屋①示崇高。
事为名教②用，道以神理超。
昔闻汾水游，今见尘外镳。
鸣笳发春渚，税銮③登山椒④。
张组眺倒景〔一〕，列筵瞩归潮。
远岩映兰薄，白日丽江皋。
原隰⑤黄绿柳，墟囿⑥散红桃。
皇心美阳泽，万象咸光昭。

顾己枉维絷⑦，抚志惭场苗。

工拙各所宜，终以反林巢。

曾是萦旧想，览物奏长谣。

〔一〕《吴都赋》：张组帷，构流苏。　〇玉玺、黄屋二事，皆因辨名教而立之，等威也。若道，则有超乎二事之外者矣。

① 黄屋：古代帝王专用的用黄色的绸子制成的车盖。② 名教：名分与教化。即儒家礼法。③ 税銮：解马停车。④ 山椒：山顶。⑤ 原隰（xí）：广平和低湿之地，此处代指原野。⑥ 墟囿：村落和园林。墟，村落。囿，古代帝王养禽兽的园林。⑦ 维絷（zhí）：系绊；拘束。

永初三年七月十六日之郡初发都〔一〕

述职期阑暑①，理棹变金素②。

秋岸澄夕阴，火旻③团朝露。

辛苦谁为情，游子值颓暮④。

爱似庄念昔，久敬曾存故〔二〕。

如何怀土心，持此谢远度。

李牧⑤愧长袖，郤克⑥惭躧步〔三〕⑦。

良时不见遗，丑状不成恶。

曰余亦支离，依方早有慕〔四〕。

生幸休明世，亲蒙英达顾〔五〕。

空班赵氏璧，徒乖魏王瓠〔六〕⑧。

从来渐二纪，始得傍归路〔七〕。

将穷山海迹，永绝赏心悟。

〔一〕沈约《宋书》：高祖永初三年五月崩，少帝即位，出灵运为永嘉郡守。少帝犹未改元，故云永初。　〔二〕《庄子》：夫越之流人，去国旬月，见所尝见于国中喜；及期年也，见似人而喜矣。《韩诗外传》：曾子曰：少而学，长而忘之，一费也。事君有功，轻而负之，二费也。久友交而中绝，三费也。　〔三〕《战国策》：李牧至，赵王使韩苍数之曰："王觞将军，将军为寿，捭匕首，当死。"牧曰："身大臂短，不能及地，故使工人为木杖以接手，上若弗信，请视之。"《左传》：郤克征会于齐，顷公帷妇人，使观之。郤子登，妇人笑于房。　〔四〕《庄子》：支离疏者，颐隐于齐，肩高于顶，会撮指天，五管在上，两髀为胁。又，子桑户死，孟子反、子琴张或鼓琴，相和而歌。孔子曰："彼游方之外者也。"　〔五〕英达，谓庐陵王也。　〔六〕《庄子》：魏王贻我大瓠之种，我树之成而实五石。以盛水浆，其坚不自举。剖以为瓢，则瓠落而无所容。非不呺然大矣，吾为其无用掊之。〔七〕灵运之永嘉，必途经始宁，故宅及祖父丘墓皆在始宁，故曰傍归路。始宁，今上虞也。

① 阑暑：夏末。② 金素：秋天。③ 旻（mín）：秋日的天穹。④ 颓暮：傍晚。⑤ 李牧：战国时期的赵国名将。天生残疾，手臂比常人要短。⑥ 郤克：春秋中期晋国正卿，其腿有疾，走路一瘸一拐。⑦ 屣（xǐ）步：轻快的步伐。⑧ 魏王瓠（hù）：比喻硕大却无用之物。

邻里相送至方山

祗役①出皇邑，相期憩瓯越。
解缆及流潮，怀旧不能发。
析析②就衰林，皎皎明秋月。
含情易为盈③，遇物难可歇。
积疴④谢生虑，寡欲罕所阙。

资此永幽栖,岂伊年岁别。

各勉日新志,音尘慰寂蔑⑤。

○资寡欲之理,为幽栖之道,岂止年岁之别,将有终焉之志。

① 祗(zhī)役:奉命任职。② 析析:象声词,风吹树木的声音。③ 盈:满。④ 积痾(kē):旧疾。⑤ 寂蔑:寂寞、虚无之境。

过始宁墅〔一〕

束发①怀耿介,逐物遂推迁。

违志似如昨,二纪②及兹年。

缁磷③谢清旷,疲苶④惭贞坚。

拙疾相倚薄,还得静者便。

剖竹守沧海〔二〕,枉帆过旧山〔三〕。

山行穷登顿,水涉尽洄沿。

岩峭岭稠叠,洲萦渚连绵。

白云抱幽石,绿筱⑤媚清涟。

葺宇临回江,筑观基曾巅。

挥手告乡曲,三载期归旋。

且为树枌槚⑥,无令孤愿言。

〔一〕沈约《宋书》:灵运父祖并葬始宁县,并有故宅及墅,遂修营旧业,及幽居之美。《水经注》曰:始宁县西,本上虞之南乡也。 〔二〕守永嘉。 〔三〕过始宁。 ○工律。

① 束发:成童的年龄。② 二纪:二十四年。一纪为十二年。③ 缁磷(zī):比喻不坚守节操。④ 疲苶(nié):劳累疲倦。⑤ 绿筱:翠绿的小竹。⑥ 枌槚(fén jiǎ):枌木与槚木。多种在墓地。

富春渚

宵济①渔浦潭，旦及富春郭。
定山缅云雾，赤亭无淹薄②。
溯流触惊急，临圻③阻参错。
亮乏伯昏分，险过吕梁④壑〔一〕。
洊至⑤宜便习，兼山贵止托。
平生协幽期，沦踬⑥困微弱。
久露干禄请，始果远游诺。
宿心渐申写，万事俱零落。
怀抱既昭旷，外物徒龙蠖〔二〕。

〔一〕《列子》：伯昏无人临百仞之渊，背逡巡，足二分垂在外，揖御寇而进。御寇伏地，汗流至踵。无人曰："至人上窥青天，下潜黄泉，神气不变。今汝殆矣。"又孔子观于吕梁，悬水三十仞，流沫三十里，鼋鼍鱼鳖不能游也。 〔二〕徒龙蠖云者，听其或屈或伸，于己心了若无与也。

① 宵济：夜晚乘舟。② 淹薄：停泊 停宿。③ 临圻：靠近江边；临近曲岸。④ 吕梁：即吕梁水，水名。在今徐州，以汹湍险急著名。⑤ 洊（jiàn）至：相继而至。⑥ 沦踬（zhì）：困顿；颠沛。

七里濑

羁心积秋晨，晨积展游眺。
孤客伤逝湍①，徒旅苦奔峭②。
石浅水潺湲，日落山照耀。
荒林纷沃若③，哀禽相叫啸。

遭物悼迁斥④,存期得要妙〔一〕。

既秉上皇心〔二〕,岂屑末代诮⑤。

目睹严子濑⑥,想属任公钓〔三〕。

谁谓古今殊,异代可同调。

〔一〕物,外物也。期,襟期也。　〔二〕心:五臣作情。○《庄子》:监照下士,天下载之,此谓上皇。　〔三〕《庄子》:任公子为大钩巨纶,五千犗以为饵,投竿东海,期年不得鱼。已而得大鱼,浙河以东,苍梧以北,莫不厌若鱼也。

① 逝湍:流速很快的水流。② 奔峭:崩裂塌陷的岩岸。③ 沃若:茂盛;润泽。④ 迁斥:贬斥;放逐。⑤ 诮:讥诮;嘲讽。⑥ 严子濑:即严陵濑,相传为东汉严光隐居垂钓的地方。

晚出西射堂〔一〕

步出西城门〔二〕。遥望城西岑。

连障叠巘崿①,青翠杳②深沉。

晓霜枫叶丹,夕薰岚气阴。

节往戚③不浅,感来念已深。

羁雌④恋旧侣,迷鸟怀故林。

含情尚劳爱,如何离赏心〔三〕。

抚镜华⑤缁鬓⑥,揽带缓促衿⑦。

安排徒空言,幽独赖鸣琴。

〔一〕永嘉郡射堂。　〔二〕城:《集》作掖。　〔三〕言鸟含情尚知劳爱,况乎人而离于赏心也。

① 巘崿(yǎn è):小山;山崖。② 杳:昏暗;幽暗。③ 戚:哀愁;悲哀。④ 羁雌:失偶的雌鸟。⑤ 华:指头发变花白。⑥ 缁鬓:黑色的发鬓。⑦ 促衿(jīn):紧身的衣襟。

登池上楼[一]

潜虬①媚幽姿,飞鸿响远音。
薄霄愧云浮,栖川怍②渊沉。
进德③智所拙,退耕力不任。
徇禄④反穷海,卧痾对空林。
衾枕昧节候,褰开暂窥临。
倾耳聆波澜,举目眺岖嵚⑤。
初景革绪风,新阳改故阴[二]。
池塘生春草,园柳变鸣禽。
祁祁伤豳歌⑥,萋萋感楚吟。
索居易永久,离群难处心。
持操岂独古,无闷征在今。

〔一〕永嘉郡池上楼。 〔二〕《神农本草》曰:春夏为阳,秋冬为阴。 ○虬以深潜而葆真,鸿以高飞而远害,今以婴俗网,故有愧虬鸿也。

① 潜虬(qiú):潜龙。② 怍(zuò) 羞愧;羞惭。③ 进德:增进品格德行。④ 徇禄:出仕。⑤ 岖嵚(qīn):山势峻峭的样子。⑥ 豳(bīn)歌:《诗经·豳风·七月》:"春日迟迟,采蘩祁祁。"

游南亭[一]

时竟夕澄霁①,云归日西驰。
密林含余清,远峰隐半规②。
久痗③昏垫苦,旅馆眺郊岐④。

泽兰渐被径，芙蓉始发池。
未厌青春好，已观朱明移。
戚戚感物叹，星星白发垂。
药饵情所止，衰疾忽在斯。
逝将候秋水，息景偃⑤旧岩。
我志谁与亮，赏心惟良知。
〔一〕永嘉郡南亭。

① 澄霁（jì）：指天色晴朗。② 半规：半圆，此处借指太阳。
③ 瘠（mèi）：病。④ 郊岐：郊外大路的岔道。⑤ 偃（yǎn）：卧。

游赤石进帆海〔一〕

首夏犹清和，芳草亦未歇。
水宿淹晨暮，阴霞屡兴没①。
周览倦瀛壖②，况乃凌穷发③。
川后时安流，天吴静不发。
扬帆采石华，挂席拾海月。
溟涨④无端倪，虚舟有超越。
仲连轻齐组〔二〕，子牟眷魏阙⑤〔三〕。
矜名道不足，适己物可忽。
请附任公言，终然谢天伐。

〔一〕永宁、安固二县中路，东南便是赤石，又枕海。
〔二〕明海上之可悦。　〔三〕言虽悦海上，仍不忘朝廷。
○工律。

① 兴没：起与隐。② 瀛壖（yíng ruán）：海滨。③ 穷发：极北的贫脊荒凉之地。④ 溟涨：溟海与涨海。泛指大海。⑤ 子牟：即魏牟，战国时魏国人，曾有"身在江海之上，心居乎魏阙之下"之言。

登江中孤屿〔一〕

江南倦历览，江北旷周旋。
怀新道转迥①，寻异景不延。
乱流趋正绝②，孤屿媚中川。
云日相辉映，空水共澄鲜。
表灵物莫赏，蕴真谁为传。
想像昆山姿，缅邈③区中缘。
始信安期术，得尽养生年。

〔一〕永嘉江也。　　○工律。

① 迥：远。② 正绝：横流直渡。③ 缅邈（miǎn miǎo）：长远；遥远。

登永嘉绿嶂山诗

裹粮杖轻策，怀迟上幽室①。
行源②径转远，距陆③情未毕。
澹潋④结寒姿，团栾⑤润霜质。
涧委水屡迷，林迥岩逾密。
眷西谓初月，顾东宜落日。

践〔一〕夕奄昏曙，蔽翳⑥皆周悉。

蛊上贵不事，履二美贞吉。

幽人常坦步，高尚邈难匹。

颐阿⑦竟何端，寂寂寄抱一。

恬如既已交，缮性自此出。

〔一〕践：一作残。

①幽室：指山洞。②行源：顺着水边。③距陆：上了岸，此处引申为到达高地。④澹潋：水波摇动起伏的样子。⑤团栾：竹子秀美的样子。⑥蔽翳：隐蔽之处。⑦颐阿：应诺与呵责。

郡东山望溟海诗〔一〕

开春献①初岁，白日出悠悠。

荡志将愉乐，瞰②海庶忘忧。

策马步兰皋，绁③控息椒丘。

采蕙遵大薄，搴④若履长洲。

白花皓⑤阳林，紫蕚〔二〕晔春流。

非徒不弭忘，览物情弥遒⑥。

萱苏始无慰，寂寞终可求。

〔一〕一作东山望海。　〔二〕蕚：一作翘。

①献：表演；显示。此处引申为至。②瞰：俯视。③绁（xiè）：系，捆。④搴（qiān）：采摘。⑤皓：太阳出来时天地光明的样子，此处引申为明亮。⑥弥遒：更加迫切。

游岭门山诗

西京谁修政，龚汲①称良吏。
君子岂定所，清尘②虑不嗣。
早苈③建德乡，民怀虞芮④意。
海岸常寥寥，空馆盈清思。
协以上冬月，晨游肆所喜。
千圻⑤邈不同，万岭状皆异。
威摧三山峭，滞汩⑥两江驶〔一〕。
渔舟岂安流，樵拾谢西芘。
人生谁云乐，贵不屈所志。

〔一〕威摧、滞汩，皆叠韵连绵字。

① 龚汲（jí）：西汉循吏龚遂与汲黯的并称。② 清尘：对高贵而值得尊敬的人的敬称。③ 苈（lì）：来；到。④ 虞芮意：不争之意。⑤ 圻（qí）：曲岸。⑥ 滞汩（zhì yù）：水疾的样子。

石室山诗

清旦索幽异，放舟越坰①郊。
苺苺②兰渚急，藐藐苔岭高。
石室冠林陬③，飞泉发山椒④。
虚泛径千载，峥嵘非一朝。
乡村绝闻见，樵苏限风霄。
微戎无远览，总笄⑤羡升乔。
灵域久韬隐，如与心赏交。

合欢不容言,摘芳弄寒条。

①坰(jiōng):远郊。②莓莓:野草茂盛的样子。③林陬(zōu):树林的角落。④山椒:山顶。⑤总丱:以簪束发。代指成年。

登上戍石鼓山诗

旅人心长久,忧忧自相接。
故乡路遥远,川陆不可涉。
汩汩①莫与娱,发春托登蹑。
欢愿既无并,戚虑庶有协〔一〕。
极目睐左阔,回顾眺右狭。
日末涧增波,云生岭逾叠。
白芷竞新苕,绿蘋齐初叶。
摘芳芳靡谖②,愉乐乐不燮③。
佳期缅无像,骋望谁云惬。

〔一〕协:一作怯。

①汩汩(gǔ):水流动的样子。②靡谖(xuān):不能忘记。③不燮:不能谐和。

行田登海口盘屿山

羁苦①孰云慰,观海藉朝风。
莫辨洪波极,谁知大壑②东。

依稀采菱歌,仿佛含矉容③。
遨游碧沙渚,游衍丹山峰。

① 羁苦:旅居困顿。② 大壑:大海。③ 矉容:皱眉的样子。

白石岩下径行田

小邑居易贫,灾年民无生。
知浅惧不周,爱深忧在情。
旧业横海外,芜秽积颓龄。
饥馑不可久,甘心务经营。
千顷带远堤,万里泻长汀。
洲流涓浍合,连统塍埒①并。
虽非楚宫化,荒阙亦黎明。
虽非郑白渠②,每岁望东京。
天鉴倘不孤,来兹验微诚。

① 塍埒(chéng liè):田埂。② 郑白渠:古代关中地区引泾河灌溉的大型渠系,为秦代郑国渠和汉代白渠的合称。

斋中读书

昔余游京华,未尝废丘壑。
矧①乃归山川,心迹双寂寞。

虚馆绝诤讼，空庭来鸟雀。
卧疾丰暇豫②，翰墨时间作。
怀抱观古今，寝食展戏谑。
既笑沮溺苦，又哂子云阁。
执戟亦以疲，耕稼岂云乐。
万事难并欢，达生幸可托。
○工律。

①诤（shěn）：况。②暇豫：从容闲适；安逸享乐。

命学士讲书

卧病同淮阳，宰邑旷武城。
弦歌愧言子①，清净谢汲生。
古人不可攀，何以报恩荣。
时往岁易周，聿②来政无成。
曾是展余心，招学讲群经。
铄金既云刃，凝土亦能型。
望尔志尚隆，远嗣竹箭声。
敢谓荀氏训，且布〔一〕兰陵情。
待罪岂久期，礼乐俟贤明。

〔一〕布：一作有。

①言子：即言偃，孔子弟子，曾任鲁国武城县令，使用礼乐教化士民，境内到处有弦歌之声。②聿（yù）：句首语助词，无实义。

种桑诗

诗人陈条柯,亦有美攘剔①。
前修为谁故,后事资纺绩。
赏佩知方诫,愧微富教益。
浮阳骛②嘉月,艺桑迨③闲隙。
疏栏发近郛④,长行达广场⑤。
旷流始滗⑥泉,涸途犹跬迹。
俾此将长成,慰我海外役。

① 攘剔(rǎng tī):剪除繁杂冗长的部分。② 骛:追求;谋求。③ 迨:等到。④ 近郛(fú):近郊。⑤ 广埸(yì):广路。⑥ 滗(bì):通"泌",水流出的样子。

初去郡

彭薛①裁知耻,贡公②未遗荣〔一〕。
或可优贪竞,岂足称达生。
伊余秉微尚,拙讷③谢浮名。
庐园当栖岩,卑位代躬耕。
顾己虽自许,心迹犹未并。
无庸方〔二〕周任④,有疾像长卿⑤。
毕娶类尚子,薄游似邴生。
恭承古人意,促装返柴荆。
牵丝及元兴,解龟在景平〔三〕。
负心二十载,于今废将迎。

理棹遄还期,遵渚骛修坰。
溯溪终水涉,登岭始山行。
野旷沙岸净,天高秋月明。
憩石挹飞泉,攀林搴落英。
战胜臞者肥,鉴止流归停〔四〕。
即是羲唐化,获我击壤情〔五〕。

〔一〕《汉书》:王莽秉政专权,彭宣上书乞骸骨。又,薛广德为御史大夫,乞骸骨。班固述曰:广德当宣,近于知耻。又,贡禹为光禄大夫,上书乞骸骨,锺会有《遗荣赋》。 〔二〕方:《选》作妨。 〔三〕牵丝,初仕;解龟,去官也。臧荣绪《晋书》曰:安帝即位,改元曰元兴。灵运初为琅邪王行军参军。沈约《宋书》曰:少帝即位,改元曰景平。应璩诗:不悟牵朱丝,三署来相寻。《汉书》:黄金印龟纽。 〔四〕《韩子》:子夏曰:吾入见先王之义,则荣之;出见富贵,又荣之。二者战于胸臆,故臞。今见先王之义战胜,故肥也。《文子》:莫监于流潦,而监于止水。 〔五〕情:一作声。

① 彭薛:西汉官员彭宣与薛广德。二者皆辞职归乡,《汉书》称他们"近于知耻"。② 贡公:即西汉官员贡禹,以明经洁行著称。③ 拙讷(zhuō nè):才疏识浅,笨口拙舌,不善应对。④ 周任:古之良吏。以正直无私著称。⑤ 长卿:司马相如字。

田南树园激流植援

樵隐俱在山,由来事不同。
不同非一事,养疴亦园中〔一〕。
中园〔二〕屏氛杂,清旷招远风。
卜室倚北阜,启扉面南江。

激涧代汲井〔三〕,插槿当列墉〔四〕①。
群木既罗户〔五〕,众山亦当窗。
靡迤②趋下田〔六〕,迢递瞰高峰。
寡欲不期劳,即事罕人功。
唯开蒋生径,永怀求羊③踪。
赏心不可忘,妙善冀能同。

〔一〕樵者在山,隐者亦在山。老圃在园,吾之养疴亦在园,所以在园者,亦不同,故曰"不同非一事"。 〔二〕中园:一作园中。 〔三〕激流。 〔四〕植援。 〔五〕树园。 〔六〕田南。 ○首尾两押同韵。

① 列墉(yōng):围墙。② 靡迤:曲折。③ 求羊:汉代隐士求仲与羊仲。

石壁精舍还湖中作

昏旦变气候,山水含清晖。
清晖能娱人,游子憺〔一〕①忘归。
出谷日尚早,入舟阳已微。
林壑敛暝色,云霞收夕霏。
芰②荷迭映蔚,蒲稗相因依。
披拂趋南径,愉悦偃东扉。
虑澹物自轻,意惬理无违。
寄言摄生客③,试用此道推。

〔一〕憺:安也。 ○工律。

① 憺(dàn):安然。② 芰(jì):菱。③ 摄生客:注重养生的人。

登石门最高顶

晨策寻绝壁,夕息在山栖。
疏峰抗①高馆,对岭临回溪。
长林罗户穴〔一〕,积石拥阶基。
连岩觉路塞,密竹使径迷。
来人忘新术,去子惑故蹊。
活活②夕流驶,嗷嗷夜猿啼。
沉冥岂别理,守道自不携。
心契九秋干,目玩三春荑③。
居常以待终,处顺故安排。
惜无同怀客,共登青云梯。

〔一〕穴:一作庭。

① 抗:挺立。② 活活:水流声。③ 荑:植物初生的嫩芽和嫩叶。

石门新营所住四面高山回溪石濑茂林修竹

跻险筑幽居,披云卧石门。
苔滑谁能步,葛弱岂可扪。
袅袅秋风过,萋萋春草繁。
美人游不还,佳期何由敦。
芳尘凝瑶席,清醑①满金尊。
洞庭空波澜,桂枝徒攀翻。

结念属霄汉，孤景莫与谖②。
俯濯石下潭，仰看条上猿。
早闻夕飙急，晚见朝日暾③。
岩倾光难留，林深响易奔。
感往虑有复，理来情无存。
庶持乘日车〔一〕，得以慰营魂。
匪为众人说，冀与智者论。

〔一〕日车：《选》作日用。

① 清醑（xǔ）：清酒。② 谖（xuān）：忘记。③ 暾（tūn），日始出的样子。

于南山往北山经湖中瞻眺

朝旦发阳岩〔一〕，景落憩阴峰〔二〕。
舍舟眺回渚〔三〕，停策倚茂松。
侧径既窈窕，环舟亦玲珑。
俯视乔木杪①，仰聆大壑淙〔四〕②。
石横水分流，林密蹊绝踪。
解作竟何感，升长皆丰容〔五〕。
初篁③包绿箨④，新蒲含紫茸。
海鸥戏春岸，天鸡弄和风〔六〕。
抚化心无厌，览物眷弥重。
不惜去人远，但恨莫与同。
孤游非情叹，赏废理谁通。

〔一〕南。　〔二〕北。　〔三〕经湖中。　〔四〕灇与潀同。毛苌曰：潀，水会也。　〔五〕解作，升长，用二卦名。〔六〕瞻眺所见。

① 杪（miǎo）：树枝的细梢。② 灇（cóng）：流水声。③ 初篁：初生的竹子。④ 箨（tuò）：笋壳。

从斤竹涧越岭溪行

猿鸣诚知曙，谷幽光未显。
岩下云方合，花上露犹泫①。
逶迤傍隈隩〔一〕②，迢递陟陉岘〔二〕③。
过涧既厉急，登栈亦陵缅。
川渚屡径复〔三〕，乘流玩回转。
蘋萍泛沉深，菰蒲冒清浅。
企石挹④飞泉，攀林摘叶卷。
想见山阿人，薜萝⑤若在眼。
握兰勤徒结，折麻心莫展。
情用赏为美，事昧竟难辨。
观此遗物虑，一悟得所遣。

〔一〕涧。　〔二〕岭。　〔三〕溪行。　○工律。

① 泫：露珠晶莹的样子。② 隈隩（wēi yù）：幽静而深远的山坳河岸。③ 陉岘（xíng xiàn）：山谷与山岭。④ 挹（yì）：舀。⑤ 薜（bì）萝：即薜荔和女萝。常攀缘于山野林木或屋壁之上。

过白岸亭诗

拂衣遵沙垣①,缓步入蓬屋。
近涧涓密石,远山映疏木。
空翠难强名,渔钓易为曲。
援萝聆青岩,春心自相属。
交交止栩黄,呦呦食苹鹿。
伤彼人百哀,嘉尔承筐②乐。
荣悴迭去来,穷通成休戚。
未若长疏散,万事恒抱朴。

①垣(yuán):矮墙。②承筐:代指欢迎宾客。

夜宿石门诗[一]

朝搴①苑中兰,畏彼霜下歇。
暝还云际宿,弄此石上月。
鸟鸣识夜栖,木落知风发。
异音同至听,殊响俱清越。
妙物莫为赏,芳醑②谁与伐③。
美人竟不来,阳阿④徒晞发⑤。

〔一〕《拾遗》作石门岩上宿。

① 搴(qiān):摘取。② 芳醑(xǔ):美酒。③ 伐:夸耀。
④ 阳阿:山的南面。⑤ 晞发:晒干头发。

南楼中望所迟客

杳杳日西颓,漫漫长路迫。
登楼为谁思,临江迟来客。
与我别所期,期在三五夕。
圆景早已满,佳人殊〔一〕未适①。
即事怨睽携②,感物方凄戚。
孟夏非长夜,晦明如岁隔。
瑶华未堪折,兰苕已屡摘。
路阻莫赠问,云何未离析。
搔首访行人,引领冀良觌③。

〔一〕殊:五臣作犹。

① 未适:到达。② 睽(kuí)携:分开;离开。③ 良觌(dí):欢聚。

庐陵王墓下作〔一〕

晓月发云阳,落日次朱方。
含凄泛广川,洒泪眺连冈。
眷言①怀君子,沉痛切中肠。
道消绝愤慭,运开申悲凉。
神期恒若存,德音初不忘。
徂谢②易永久,松柏森已行。
延州③协心许〔二〕,楚老惜兰芳〔三〕。
解剑④竟何及,抚坟徒自伤。

平生疑若人，通蔽互相妨〔四〕。
理感深情恸，定非识所将〔五〕。
脆促良可哀，夭枉特兼常〔六〕。
一随往化灭，安用空名扬。
举身泣已沥，长叹不成章。

〔一〕宋武帝子义真为庐陵王，聪敏好文，常与灵运往来。会少帝失德，议废立，次在庐陵。徐羡之等奏，废庐陵为庶人，旋杀之。因迁灵运。后知无罪，召还。文帝问曰："南来何所制作？"对曰："过庐陵墓作一篇。"　〔二〕《新序》：延陵季子聘晋，带宝剑过徐君，徐君色欲之，已心许矣。反，则徐君死，于是以剑挂徐君墓而去。　〔三〕《汉书》：龚胜，楚人也。胜卒，有老父吊曰："熏以香自烧，膏以明自销，龚生竟夭天年，非吾徒也。"〔四〕若人，谓延州及楚老也。桓子《新论》曰：汉高祖功侔汤武，及病，归之天命，误矣。此必通人而蔽者也。　〔五〕已上八句，言向疑吴札、楚老为情所蔽，今已亦因情至而过恸，虽有识亦不能自将也。将，犹持也。《汉书》：张竦曰："效子者难将。"〔六〕兼常：犹云倍常。　○工律。

① 眷言：怀恋眷念的样子。② 徂（cú）谢：消逝；磨灭。③ 延州：春秋时吴公子季札的封地在延陵，借指季札。④ 解剑：出自季札挂剑的典故。春秋时吴公子季札十分重信义，有徐国人对其有"延陵季子兮不忘故，脱千金之剑兮带丘墓"的赞美。

还旧园作见颜范二中书〔一〕

辞满①岂多秋②，谢病不待年。
偶与张邴合〔二〕，久欲还东山。
圣灵昔回眷〔三〕，微尚不及宣〔四〕。
何意冲飚激，烈火纵炎烟。

焚玉发昆峰，余燎遂见迁[五]。
投沙理既迫，如邛愿亦愆[六]。
长与欢爱别，永绝平生缘。
浮舟千仞壑，总辔万寻巅。
流沫不足险，石林岂为艰。
闽中安可处，日夜念归旋。
事踬两如直[七]③，心惬三避贤[八]④。
托身青云上，栖岩挹飞泉。
盛明荡氛昏，贞休康屯邅[九]⑤。
殊方感成贷，微物豫采甄[十]。
感深操不固，质弱易扳缠。
曾是反昔园，语往实款然[十一]。
曩基⑥即先筑，故池不更穿。
果木有旧行，壤石无远延。
虽非休憩地，聊取永日闲。
卫生自有经，息阴谢所牵。
夫子照清素，投怀授往篇。

〔一〕颜延之、范泰也。　〔二〕张良、邴汉也。　〔三〕谓宋高祖。　〔四〕谓归隐之志未遽宣陈也。　〔五〕沈约《宋书》：少帝即位，权在大臣，灵运非毁执政，徐羡之等患之，出为永嘉太守。　〔六〕投沙，以贾谊自况。如邛，以司马相如自况也。　〔七〕言愧不似史鱼两如矢之直也。　〔八〕言慕孙叔敖三去相之贤也。两如、三避，歇后语，究未稳惬。　〔九〕指宋武帝。　〔十〕谓己昔蒙召用。　〔十一〕款然：疑当作欸然。

① 辞满：官员任满解职。② 秩：俸禄。③ 两如直：指不论国家安定与动乱，个人均像箭一样，直道而行。④ 三避贤：即三次贬职。《史记》有载孙叔敖在任楚国令尹期间，三上三下，升迁和恢复职位时不沾沾自喜；失去权势时不悔恨不叹息。⑤ 屯邅

(zhūn zhān)：同"迍邅"，艰难的样子。ⓒ 曩（náng）基：从前的基础。

酬从弟惠连[一]五首

寝瘵①谢人徒，灭迹入云峰。
岩壑寓耳目，欢爱隔音容。
永绝赏心望，长怀莫与同。
末路值令弟，开颜披心胸。

〔一〕惠连有《西陵遇风献康乐诗》，见本集。　○首章喜惠连之来会。

① 寝瘵（zhài）：因病卧床。

心胸既云披，意得咸在兹。
凌涧寻我室，散帙①问所知。
夕虑晓月流，朝忌曛日驰。
晤对无厌歇，聚散成分离。
○次章喜其聚，而虑其离。

① 散帙（zhì）：打开书籍。

分离别西川，回景归东山。
别时悲已甚，别后情更延。
倾想迟嘉音，果枉济江篇。
辛勤风波事，款曲①洲渚言。
○三章叙别后得其来诗。

① 款曲：殷勤的心意。

洲渚既淹时，风波子行迟。
务协华京想，讵存空谷期。
犹复惠来章，祇足揽余思。
倘若果归言，其陶暮春时。

暮春虽未交，仲春善游遨。
山桃发红萼，野蕨渐紫苞。
嘤鸣已悦豫，幽居犹郁陶。
梦寐伫归舟，释我吝与劳。

登临海峤初发强中作与从弟惠连可见羊何其和之〔一〕四首

杪①寻远山，山远行不近。
与子别山阿，含酸赴修畛②。
中流袂就判③，欲去情不忍。
顾望脰④未悁〔二〕⑤，汀曲舟已隐。

〔一〕《集》作登临海峤与从弟惠连一首。　〔二〕陆彦声诗曰：相思心既劳，相望脰亦悁。《说文》曰：痏，疲也，与悁通。

① 杪（miǎo）秋：晚秋。② 畛（zhěn）：田间小路。③ 判：分开。④ 脰（dòu）：脖颈。⑤ 悁（yuān）：忧愁的样子。

隐汀绝望舟，骛棹①逐〔一〕惊流。

欲抑一生欢，并奔千里游。
日落当栖薄②，系缆临江楼。
岂惟夕情敛，忆尔共淹留。

〔一〕逐：一作逾。

① 骛棹（wù zhào）：急速划动船桨。② 栖薄：止息；停息。

淹留昔时欢，复增今日叹。
兹情已分虑，况乃协悲端。
秋泉鸣北涧，哀猿响南峦。
戚戚新别心，凄凄久念攒①。

① 攒（cuán）：聚集。

攒念攻别心，旦发清溪阴。
暝投剡①中宿，明登天姥岑。
高高入云霓，还期那可寻。
倘遇浮丘公②，长绝子徽音。

① 剡（shàn）：县名，属会稽郡。② 浮丘公：中国古代传说中的仙人。

初发石首城〔一〕

白圭①尚可磨，斯言易为缁②。
虽抱中孚③爻，犹劳贝锦④诗。

寸心若不亮，微命察如丝。
日月垂光景〔二〕，成贷⑤遂兼兹〔三〕。
出宿薄⑥京畿，晨装抟曾飔〔四〕⑦。
重经平生别，再与朋知辞〔五〕。
故山日已远，风波岂还时。
迢迢万里帆，茫茫终何之。
游当罗浮⑧行，息必庐霍⑨期。
越海陵三山，游湘历九嶷⑩。
钦圣若旦暮，怀贤亦凄其。
皎皎明发心，不为岁寒欺。

〔一〕沈约《宋书》：灵运陈疾东归，会稽太守孟凯表其有异志。灵运驰往京都，诣阙上表，太祖知其见诬，不罪也，以为临川内史。　〔二〕指宋太祖。　〔三〕贷，施也。既贷其性命，又予以官职，故曰兼兹。　〔四〕曾飔，犹层飙也。抟字用《庄子》"抟扶摇羊角"字。　〔五〕前之永嘉，今适临川，故曰"再与朋知辞"。

① 白圭：白色的玉石。② 缁（zī）：污染。③ 中孚：卦名，意为诚信。④ 贝锦：像贝的纹彩一样美丽的织锦。喻为诬陷他人的逸言。见《诗经·小雅·巷伯》。⑤ 成贷：施恩成全。⑥ 薄：迫近；靠近。⑦ 曾飔（sī）：大风。⑧ 罗浮：指罗浮山。⑨ 庐霍：指庐山和霍山的并称。⑩ 九嶷（yí）：指九嶷山。相传舜帝葬于此。

入东道路诗

整驾辞金门，命旅惟诘朝①。
怀居顾归云，指途泝行飙。
属值清明节，荣华感和韶。

陵隰②繁绿杞，墟囿③粲红桃。
暳暳④翚⑤方雊⑥，纤纤麦垂苗。
隐畛⑦邑里密，缅邈江海辽。
满目皆古事，心赏贵所高。
鲁连谢千金，延州权去朝。
行路既经见，愿言寄吟谣。

① 诘朝：清晨。② 陵隰（xí）：山陵和低洼之地。③ 墟囿：村落和园林。④ 暳暳（yǎo）：鸡鸣声。⑤ 翚（huī）：有五彩羽毛的野鸡。⑥ 雊（gòu）：野鸡叫。⑦ 隐畛：众盛，富饶。

道路忆山中

采菱调易急，江南歌不缓。
楚人心昔绝，越客肠今断。
断绝虽殊念，俱为归虑款。
存乡尔思积，忆山我愤懑〔一〕。
追寻栖息时，偃卧任纵诞。
得性非外求，自已为谁纂〔二〕。
不怨秋夕长，常〔三〕苦夏日短。
濯流激浮湍，息阴倚密竿〔四〕。
怀故叵新欢，含悲忘春暖。
凄凄明月吹，恻恻广陵散。
殷勤诉危柱，慷慨命促管。

〔一〕越客，灵运自谓。楚人，指屈原。存乡句亦指屈原。
〔二〕已，止也。纂，继也。《庄子》曰：夫吹万不同，而使之自已也。言情已止矣，不解因何复纂也。　〔三〕常：一作恒。
〔四〕竿：协古旦切。

入彭蠡湖口

客游倦水宿，风潮难具论。
洲岛骤回合，圻岸①屡崩奔。
乘月听哀狖②，浥③露馥芳荪。
春晚绿野秀，岩高白云屯。
千念集日夜，万感盈朝昏。
攀岩照石镜，牵叶入松门。
三江事多往，九派理空存。
灵物吝珍怪，异人秘精魂。
金膏④灭明光，水碧缀〔一〕流温。
徒作千里曲，弦绝念弥敦。

〔一〕缀：五臣作辍。

① 圻岸：曲岸。② 哀狖（yòu）：凄凉冷清的猿啼声。③ 浥（yì）：浸，沾。④ 金膏：磨镜用膏。喻月光。

入华子冈是麻源第三谷

南州实炎德，桂树陵寒山。
铜陵映碧涧，石磴泻红泉。

既枉隐沦客，亦栖肥遁贤。
险径无测度，天路非术阡。
遂登群峰首，邈若升〔一〕云烟。
羽人绝仿佛，丹丘徒空筌①。
图牒复磨灭，碑版谁闻传。
莫辨百代后，安知千载前。
且申独往意，乘月弄潺湲。
恒充俄顷用，岂为古今然。

〔一〕升：《艺文类聚》作腾。

① 空筌：犹空迹。

登归濑三瀑布望两溪

我行乘日垂，放舟候月圆。
沫江免风涛，涉清弄漪涟。
积石竦两溪，飞泉倒三山。
亦既穷登陟，荒蔼横目前。
窥岩不睹景，披林岂见天。
阳乌尚倾翰①，幽篁未为邅②。
退寻平常时，安知巢穴难。
风雨非攸吝③，拥志谁与宣。
倘有同枝条，此日即千年。

① 翰：羽翮。② 邅：难行不进的样子。③ 攸吝：所忧虑。

初往新安桐庐口

绤绤①虽凄其,授衣尚未至。
感节良已深,怀古亦云〔一〕思。
不有千里棹,孰申百代意。
远协尚子②心,遥得许生③计。
既及冷风善,又即秋水驶。
江山共开〔二〕旷,云日相照媚。
景夕群物清,对玩咸可喜。

〔一〕亦云：一作徒役。 〔二〕开：一作闲。

① 绤绤（chī xì）：绤，细葛布。绤，粗葛布。② 尚子：东汉隐士尚长。③ 许生：东晋名士许询,喜山居。

拟魏太子邺中集诗八首〔一〕

建安末,余时在邺宫,朝游夕宴,究欢愉之极。天下良辰、美景、赏心、乐事,四者难并。今昆弟友朋,二三诸彦,共尽之矣。古来此娱,书籍未见。何者？楚襄王时,有宋玉、唐景；梁孝王时,有邹、枚、严、马,游者美矣,而其主不文。汉武帝,徐、乐诸才,备应对之能,而雄猜多忌,岂获晤言之适？不诬方将,庶必贤于今日尔。岁月如流,零落将尽,撰文怀人,感往增怆！其辞曰：

〔一〕并序。

魏太子

百川赴巨海,众星环北辰。
照灼烂霄汉,遥裔①起长津②。
天地中横溃③,家王〔一〕拯生民。
区宇既荡涤,群英必来臻。
忝此钦贤性,由来常怀仁。
况值众君子,倾心隆日新。
论物靡浮说,析理实敷陈。
罗缕岂阙辞,窈窕究天人。
澄觞满金罍,连榻设华茵。
急弦动飞听,清歌拂梁尘。
莫言相遇易〔二〕,此欢信可珍。

〔一〕王:五臣作皇。　〔二〕莫:善作何。　○工律。

①遥裔:遥远。②长津:银河。③横溃:河水决堤横流。以此来比喻乱世。

王粲

家本秦川贵公子孙,遭乱流寓,自伤情多。

幽厉昔崩乱,桓灵今板荡。
伊洛既燎烟,函崤没无像〔一〕。
整装乱秦川,秣马赴楚壤〔二〕。
沮漳自可美,客心非外奖。
常叹诗人言,式微何由往。
上宰奉皇灵〔三〕,侯伯咸宗长。
云骑乱汉南,宛郢皆扫荡〔四〕。
排雾属盛明,披云对清朗。
庆泰欲重叠,公子特先赏。

不谓息肩愿,一旦值明两。

并载游邺京,方舟泛河广。

绸缪清宴娱,寂寥梁栋响。

既作长夜饮,岂顾乘日养。

〔一〕像:五臣作象。 〔二〕粲至荆州也。 〔三〕指魏武帝。 〔四〕宛:善作纪。谓平荆表也。 ○工律。

陈琳

袁本初书记之士,故述丧乱事多。

皇汉逢迍邅,天下遭氛慝①。

董氏沦关西,袁家拥河北。

单民易周章,窘身就羁勒。

岂意事乖己,永怀恋故国。

相公实勤王〔一〕,信能定蚩贼。

复睹东郡辉,重见汉朝则。

余生幸已多,矧乃值明德〔二〕。

爱客不告疲,余宴遗景刻。

夜听极星烂〔三〕,朝游穷曛黑。

哀哇动梁埃,急舷荡幽默②。

且尽一日娱,莫知古来惑。

〔一〕指魏武帝。 〔二〕指魏文也。 〔三〕烂:五臣作阑。 ○工律。

① 氛慝(tè):奸邪不正之气。② 幽默:寂静无声。

徐干

少无宦情,有箕颍之心事,故仕世多素辞。

伊昔家临淄,提携弄齐瑟。

置酒饮胶东，淹留憩高密。
此欢谓可终，外物始难毕。
摇荡箕濮情①，穷年迫忧慄。
末途幸休明②，栖集建薄质。
已免负薪苦，仍游椒兰室。
清论事究万③，美话信非一。
行觞奏悲歌，永夜系〔一〕白日。
华屋非蓬居，时髦岂余匹。
中饮顾昔心，怅焉若有失。

〔一〕系：五臣作继。　○工律。《说苑》：晋灵公欲杀赵宣孟而饮之酒。宣孟知之，中饮而出。国藩按，中饮，犹曰酒半也。郑注《天官·小宰》：中字别之。《三国志·周瑜传》：中江举帆。两中字与中饮略同。

① 箕濮情：指避世归隐的情怀。上古帝尧时有高士许由隐居在箕山。战国时庄周垂钓于濮水。② 休明：美好清明。多用以赞美明君。③ 究万：探究万事万物。

刘桢

卓荦偏人，而文最有气，所得颇经奇。

贫居晏里闬①，少小长东平。
河兖当冲要，沦飘薄许京。
广川无逆流，招纳厕群英。
北渡黎阳津，南登宛〔一〕邺城。
既览古今事，颇得治乱情。
欢友相解达，敷奏究平生。
矧荷明哲顾，知深觉命轻。
朝游牛羊下，暮坐括揭②鸣。
终岁非一日，传卮弄清声。

辰事既难谐，欢愿如今并。

唯羡肃肃③翰，缤纷戾高冥。

〔一〕宛：善作纪。　　○工律。括揭鸣，疑当作坿揭鸣。揭，与桀音义同。坿揭鸣，即鸡鸣，谓晨也，朝游则至于夕，暮坐则达于晨也。

① 里闬（hàn）：里巷。② 括揭：进栏回窠的牛羊鸡等禽畜。
③ 肃肃：象声词。鸟羽的振动声。

应瑒

汝颍之上，流离世故，颇有飘薄之叹。

嗷嗷云中雁，举翮自委羽。

求凉弱水湄，违寒长沙渚。

顾我梁〔一〕川时，缓步集颍许。

一旦逢世难，沦薄恒羁旅。

天下昔未定，托身早得所。

官渡厕一卒，乌林预艰阻。

晚节值众贤，会同庇天宇。

列坐荫华榱，金樽盈清醑。

始奏延露曲，继以阑夕语。

调笑辄酬答，嘲谑无惭沮。

倾躯无遗虑，在心良已叙。

〔一〕梁：五臣作凉。　　○工律。

阮瑀

管书记之任，故有优渥之言。

河洲多沙尘，风悲黄云起。

金羁相驰逐，联翩何穷已。

庆云惠优渥，微薄攀多士。
念昔渤海时，南皮戏清泚。
今复河曲游，鸣葭①泛兰汜。
躧步②陵丹梯，并坐侍君子。
妍谈既愉心，哀音〔一〕信睦耳。
倾酤系芳醑，酌言岂终始。
自从食萍来，惟见今日美。

〔一〕音：一作弄。　　○工律。

① 鸣葭：吹奏笳笛。葭，通"笳"。② 躧（xǐ）步：漫步；悠闲地随意走。

平原侯植

公子不及世事，但美遨游，然颇有忧生之嗟。
朝游登凤阁，日暮集华沼。
倾柯引弱枝，攀条摘蕙草。
徙倚穷骋望，目极尽所讨。
西顾太行山，北眺邯郸道。
平衢修且直，白杨信袅袅。
副君①命饮宴〔一〕，欢娱写怀抱。
良游匪昼夜，岂云晚与早。
众宾悉精妙，清辞洒兰藻〔二〕。
哀音下回鹄，余哇②彻清昊。
中山不知醉，饮德方觉饱。
愿以黄发期，养生念将老。

〔一〕谓文帝也。　　〔二〕兰藻：五臣作兰蒲。　　○工律。

① 副君：太子。此处指曹丕。② 哇：靡曼的乐声。

石壁立招提精舍

四城有顿踬①,三世无极已②。
浮欢昧眼前,沉照③贯终始。
壮龄缓前期,颓年迫暮齿。
挥霍梦幻顷,飘忽风电起。
良缘迨④未谢,时逝不可俟⑤。
敬拟灵鹫山,尚想只洹轨。
绝溜⑥飞庭前,高林映窗里。
禅室栖空观,讲宇析妙理。

① 顿踬(zhì):坎坷。② 极已:穷尽;终止。③ 沉照:沉沦与显达。④ 迨(dài):趁着。⑤ 俟(sì):等待。⑥ 绝溜:流速很快的绝壁上的飞瀑。

过瞿溪山僧

迎旭凌绝嶝①,映泫归溆浦。
钻燧断山木,掩岸瑾石户。
结架非丹甍②,藉田③资宿莽④。
同游息心客,暧然⑤若可睹。
清霄飏浮烟,空林响法鼓。
忘怀狎鸥鲦,摄生驯兕虎⑥。
望岭眷灵鹫,延心念净土。
若乘四等观,永拔三界苦。

① 嶝（dèng）：山上可攀登的小路。② 丹甍（méng）：朱红的屋脊。③ 藉田：古代春耕之前，天子率诸侯亲自耕田的仪式，此指亲自耕种。④ 宿莽：经冬不死的草。指荒地。⑤ 曖然：昏暗不明的样子。⑥ 兕虎（sì）：泛指猛兽。

七夕咏牛女

火逝①首秋节，新明弦月夕。
月弦光照户，秋首风入隙。
凌峰步曾[一]崖，凭云肆遥脉。
徙倚西北庭，竦踊②东南觌③。
纨绮无报章，河汉有骏轭。

〔一〕曾：《艺文》作岑。

① 火逝：指农历七月，大火星开始向西下沉。② 竦踊（sǒng yǒng）：踊跃。③ 觌（dí）：见。

彭城宫中直感岁暮

草草①眷徂物，契契②矜岁殚。
楚艳③起行戚，吴趋④绝归欢。
修带缓旧裳，素鬓改朱颜。
晚暮悲独坐，鸣鹍⑤歇春兰。

① 草草：忧劳的样子。② 契契：愁苦的样子。③ 楚艳：指楚歌。④ 吴趋：即《吴趋曲》，吴地歌曲名。⑤ 鸣鹈（tí）：杜鹃鸟。

会吟行

六引①缓清唱，三调②伫繁音。
列筵皆静寂，咸共聆会吟。
会吟自有初，请从文命③敷。
敷绩④壶冀始，刊木至江沱。
列宿炳天文，负海横地理。
连峰竞千仞，背流各百里。
滮池⑤溉粳稻，轻云暖松杞。
两京⑥愧佳丽，三都岂能似。
层台指中天，高墉积崇雉。
飞燕跃广途，鶢首⑦戏清沚。
肆呈窈窕容，路曜便娟⑧子。
自来弥年代，贤达不可纪。
勾践善废兴，越叟识行止。
范蠡出江湖，梅福入城市。
东方就旅逸，梁鸿去桑梓。
牵缀书土风，辞殚意未已。

○《乐府诗集》有《燕歌行》二首七古言十二句，《鞠歌行》一首七古，《善哉行》一首四言，《陇西行》一首四言，《顺东西门行》一首长短句，《上留田行》一首九言，皆以非五古未抄外，五言中有《泰山吟》一首八句，《君子有所思行》二十句，《悲哉行》

一首二十句,《缓歌行》一首八句,《苦寒行》一首六句,《豫章行》一首六句,《折杨柳行》二首一十四句、一十二句,皆未选。

① 六引:古乐调名。② 三调:清商三调。平调、清调、瑟调的合称。③ 文命:传为夏禹之名。④ 敷绩:建立功勋,成就大业。⑤ 滮(biāo)池:古水名。⑥ 两京:洛阳和长安。⑦ 鹢(yì)首:船头。古代画鹢鸟于船头。⑧ 便娟:轻盈美好的样子。

卷三

鲍明远五古

一百三十一首

采桑[一]

季春梅始落,工女事蚕作。
采桑淇洧间,还戏上宫阁。
早蒲时结阴,晚篁初解箨。
蔼蔼雾满闺,融融景盈幕。
乳燕逐草虫,巢蜂拾花萼。
是节最暄妍,佳服又新烁。
绵[二]叹对迥涂,扬歌弄场藿①。
抽琴试抒思,荐佩②果成托。
承君郢中美③,服义久心诺。
卫风古愉艳,郑俗旧浮薄。
灵愿悲渡湘④,宓赋笑瀍洛⑤。
盛明难重来,渊意为谁涸。
君其且调弦,桂酒妾行酌。

〔一〕《陌上桑》本秦罗敷拒绝挑者之辞,《乐府解题》谓《采桑》亦出于《陌上桑》。国藩按,《陌上桑》谓夫不在而拒人,此则似与夫同处者。 〔二〕绵:《玉台》作敛。

① 场藿(huò):场中之苗。引申为思念贤者。② 荐佩:进献玉佩。③ 郢(yǐng)中美:指格调高雅。郢中,即郢都,古楚地。④ "灵愿"句:屈原《湘夫人》,有"帝子降兮北渚"句。帝子指尧二女娥皇、女英,相传皆嫁舜,舜南渡死,二女投湘水而亡。⑤ "宓赋"句:曹植作《洛神赋》,有"斯水之神,名曰宓妃"句。瀍(chán)洛,瀍水和洛水,此指洛水神。

代蒿里行

同尽无贵贱,殊愿有穷伸。
驰波催永夜,零露逼短晨。
结〔一〕我幽山驾,去此满堂亲。
虚容遗剑佩,实貌戢①衣巾。
斗酒安可酌,尺书谁复陈。
年代稍推远,怀抱日幽沦②。
人生良可剧,天道与何人。
赍③我长恨意,归为狐兔尘。
〔一〕结:一作驱。

① 戢:收敛。② 幽沦:沉沦。③ 赍(jī):怀着。

代挽歌

独处重冥下,忆昔登高台。
傲岸平生中,不为物所裁。
埏门①只复闭,白蚁相将来。
生时芳兰体,小虫今为灾。
玄鬓无复根,枯髅依青苔。
忆昔好饮酒,素盘进青梅。
彭韩②及廉蔺③,畴昔已成灰。
壮士皆死尽,余人安在哉。
○气势。

①埏门:墓门。②彭韩:指汉初名将彭越与韩信。③廉蔺:指战国时赵国的廉颇与蔺相如。

代东门行〔一〕

伤禽恶弦惊,倦客恶离声。
离声断客情,宾御①皆涕零。
涕零心断绝,将去复还诀。
一息不相知,何况异乡别。
遥遥征驾远,杳杳白日晚。
居人掩闺卧,行子夜中饭。
野风吹草木,行子心肠断。
食梅常苦酸,衣葛常苦寒。
丝竹徒满座,忧人不解颜。
长歌欲自慰,弥起长恨端。

〔一〕《乐府解题》曰:古辞《出东门》,言士有贫不安其居者,拔剑欲去,妻子牵衣留之,愿共铺糜,不求富贵。若鲍照之诗,则但伤离别而已。　○气势。

①宾御:宾客与驾车者。

代放歌行〔一〕

蓼虫①避葵堇②,习苦不言非。
小人自龌龊③,安知旷士怀。

鸡鸣洛城里，禁门平旦开。

冠盖纵横至，车骑四方来。

素带曳长飙，华缨结远埃。

日中安能止，钟鸣犹未归。

夷世④不可逢，贤君信爱才。

明虑自天断，不受外嫌猜。

一言分珪爵⑤，片善辞草莱⑥。

岂伊白璧赐，将起黄金台⑦。

今君有何疾，临路独迟回。

〔一〕《放歌行》一曰《孤儿行》，一曰《孤子生行》，言孤儿为兄嫂所苦，难与久居也。鲍照此诗，则言荣利之场不宜轻入也。　〇气势。首四句，以蓼虫之习苦，喻世之习于荣利膴仕，沉溺而不反者。"鸡鸣"八句，极言荣利之场，众所共趋。"夷世"十句，盖反言以见意。向使君非爱才，嫌猜不断，则不能不临路迟回矣。

① 蓼（liǎo）虫：寄生于蓼草间的虫。② 葵堇（jǐn）：一种味甜的野菜，蚊虫多不喜其气味。③ 龌龊（wò chuò）：琐碎、狭隘。④ 夷世：太平之世。⑤ 珪爵：代指高贵的官职。⑥ 草莱：乡野。⑦ 黄金台：借指招纳贤才的地方。

代陈思王京洛篇二首〔一〕

凤楼十二重，四户八绮窗。

绣桷①金莲花，桂柱玉盘龙。

珠帘无隔露，罗幌②不胜风。

宝帐三千所，为尔一朝容。

扬芬紫烟上，垂彩绿云中。
春吹回白日，霜高落塞鸿。
但惧秋尘起，盛爱逐衰蓬。
坐视青苔满，卧对锦筵空。
琴瑟纵横散，舞衣不复缝。
古来共歇薄，君意岂独浓。
惟见双黄鹄，千里一相从。

〔一〕《玉台》作《煌煌京洛行》。　　○气势。"春吹"四句，言时移事异，盛极必衰。

① 桷（jué）：方形的椽子。② 罗幌：丝罗帷幔。

南游偃师县，斜上霸陵①东。
回瞻龙首堞②，遥望德阳宫。
重门远照耀，天阁复穹隆③。
城傍疑复道，树里识松风。
黄河入洛水，丹泉绕射熊。
夜轮悬素魄④，朝天荡碧空。
秋霜晓驱雁，春雨暗成虹。
曲阳造甲第，高安还禁中。
刘苍⑤归作相，窦宪⑥出临戎。
此时车马合，兹晨冠盖通。
谁知两京盛，欢宴遂无穷。

① 霸陵：西汉文帝的陵寝，在长安城南，霸水南岸，为东出必经之地。② 龙首堞：汉代未央宫建于长安龙首原上。堞，城墙上凹凸状的矮墙。③ 穹隆：中间隆起，四周下垂的样子。多用以形容天的形状。④ 素魄：月亮的别称。⑤ 刘苍：汉明帝刘庄同母之弟。⑥ 窦宪：东汉名将。其妹为东汉章帝刘炟的皇后，曾官居要职。

代门有车马客行[一]

门有车马客,问客何乡士。
捷步往相讯,果得旧邻里。
凄凄声中情,慊慊①增下俚。
语昔有故悲,论今无新喜。
清晨相访慰,日暮不能已。
欢戚②竞寻绪,谈调何终止。
辞端竟未究,忽唱分途始。
前悲尚未弭③,后感方复起。
嘶声盈我口,谈言在君耳。
手迹可传心,愿尔笃行李[二]。

〔一〕《门有车马客》皆言问讯其客,备叙市朝迁变、亲友凋落之意也。鲍诗则并叙此客旋又别去。 〔二〕笃行李,犹云珍重道途。

① 慊慊(qiàn):憾恨。② 欢戚:欢乐与忧愁。③ 弭:平息;消除。

代櫂歌行

羁客①离婴②时,飘摇无定所。
昔秋寓江界,兹春客河浒③。
往戢④于役身,愿言永怀楚。
泠泠⑤鲦疏潭,邕邕⑥雁循渚。
飂戾⑦长风振,摇曳高帆举。

惊波无留连，舟人不踌伫⑧。

①羁客：漂泊之人。②离婴：离别。婴，遭受。③河浒：河边。④戢（jí）：藏匿；隐匿。⑤泠泠：形容清脆激越的声音。⑥嘤嘤：形容群鸟和鸣声。⑦飋戾（lì）：形容风声劲烈。⑧踌伫（chóu zhù）：徘徊；迟疑。

代白头吟〔一〕

直如朱丝绳，清如玉壶冰。
何惭宿昔意，猜恨坐相仍①。
人情贱恩旧，世议逐衰兴。
毫发一为瑕，丘山不可胜。
食苗实硕鼠，点白②信苍蝇。
凫鹄远成美，薪刍③前见陵〔二〕④。
申黜褒女进，班去赵姬升。
周王日沦惑，汉帝益嗟称。
心赏犹难恃，貌恭岂易凭。
古来共如此，非君独抚膺。

〔一〕《乐府解题》曰：鲍照、张正见、虞世南《白头吟》皆自伤清直芬馥，而遭铄金玷玉之谤，君恩以薄。　〔二〕《韩诗外传》：田饶谓鲁哀公曰："鸡有五德，君食之者，以其所从来近也。黄鹄一举千里，君贵之者，以其所从来远也。"《史记》：汲黯谓武帝曰："陛下用群臣如积薪，后来者居上。"　○气势。

①相仍：相继。②点白：玷污清白。③薪刍（chú）：薪柴和牧草。④见陵：被压在下。陵，通"凌"。侵犯，欺侮。

代东武吟[一]

主人且勿喧,贱子歌一言。
仆本寒乡士,出身蒙汉恩。
始随张校尉[二],占[三]募①到河源。
后逐李轻车[四]②,追虏穷塞垣③。
密途亘万里,宁岁犹七奔[五]。
肌力尽鞍甲,心思历凉温。
将军既下世,部曲亦罕存。
时事一朝异,孤绩谁复论。
少壮辞家去,穷老还入门。
腰镰刈葵藿,倚杖牧鸡豚。
昔如鞲④上鹰,今似槛中猿。
徒结千载恨,空负百年怨。
弃席思君幄,疲马恋君轩。
愿垂晋主惠,不愧田子⑤魂。

〔一〕《东武吟》伤时移事异、荣华徂谢也。此专言苦战老将,伤时事之移易。 〔二〕张骞也。 〔三〕占:一作召。 〔四〕李蔡也。 〔五〕密,近也。近途犹万里,则远者可知。宁岁犹七奔,则多事时可知。 ○气势。 《韩子》:晋文公至河,令曰:"笾豆捐之,席蓐捐之。"咎犯闻之,哭,文公乃止。《韩诗外传》:田子方出,见老马于道,曰:"少尽其力,老弃其身,仁者不为也。"束帛而赎之。

① 占募:即招募。② 李轻车:即李广的从弟李蔡,被封为轻车将军。③ 塞垣:边塞。④ 鞲(gōu):臂套。⑤ 田子:即战国时期的田子方。魏文侯以他为师。

代别鹤操 [一]

双鹤俱起时，徘徊沧海间。
长弄若天汉，轻躯似云悬。
幽客时结侣，提携游三山①。
青缴凌瑶台，丹罗笼紫烟。
海上悲风急，三山多云雾。
散乱一相失，惊孤不得住。
缅然②日月驰，远矣绝音仪。
有愿而不遂，无怨以生离。
鹿鸣在深草，蝉鸣隐高枝。
心自有所存[二]，旁人那得知。

〔一〕《古今注》曰：《别鹤操》，商陵牧子所作也。娶妻五年，无子，父兄将为之改娶，其妻中夜起，倚户而悲啸，牧子援琴作歌。　　〔二〕存：一作怀。

① 三山：神话传说中的三座海上神山，方丈、蓬莱、瀛洲。
② 缅然：遥远的样子。

代出自蓟北门行 [一]

羽檄起边亭，烽火入咸阳。
征骑屯广武，分兵救朔方。
严秋筋竿①劲，虏阵精且强。
天子按剑怒，使者遥相望。
雁行缘石径，鱼贯度飞梁。

萧鼓流汉飔②,旌甲被胡霜。

疾风冲塞起,沙砾自飘扬。

马毛缩如猬,角弓不可张。

时危见臣节,世乱识忠良。

投躯报明主,身死为国殇。

〔一〕《出自蓟北门行》大致与《从军行》同,而兼言燕蓟风物,此则并及忠节矣。　○气势。

① 筋竿:泛指弓箭。② 飔:疾风。

代陆平原君子有所思行〔一〕

西上登雀台①,东下望云阙②。

层阁肃③天居,驰道④直如发。

绣甍结飞霞,璇题⑤纳行月。

筑山拟蓬壶,穿池类溟渤⑥。

选色遍齐岱,征声匝邛越。

陈钟陪夕宴,笙歌待明发。

年貌不可还,身意会盈歇。

蚁壤漏山阿〔二〕,丝泪毁金骨。

器恶含满欹,物忌厚生没。

智哉众多士,服理辨昭晰。

〔一〕《乐府解题》曰:《君子有所思行》,陆机、鲍照、沈约之辞,皆言雕室丽色,不足为久欢,宴安鸩毒,满盈所宜敬忌。

〔二〕阿:善作河。

①雀台：即铜雀台。②云阙：高耸入云的宫阙。③肃：严肃，庄重。④驰道：古代国道。⑤璇题：玉饰的椽头。⑥溟渤：溟海和渤海，此处泛指大海。

代悲哉行

羁人感淑节，缘感欲回辙。
我行讵几时，华实骤舒结。
睹实情有悲，瞻华意无悦。
览物怀同志，如何复乖别。
翩翩翔禽罗，关关鸣鸟列。
翔鸣尚俦偶①，所叹独乖绝。

①俦偶：伴侣。

代陈思王白马篇

白马骍①角弓，鸣鞭乘北风。
要途②问边急，杂虏入云中。
闭壁自往夏，清野径还冬。
侨装多阙绝③，旅服少裁缝。
埋身守汉境〔一〕，沉命④对胡封〔二〕。
薄暮塞云起，飞沙被远松。
含悲望两都，楚歌登四墉⑤。

丈夫设计误，怀恨逐边戎。

弃〔三〕别中国爱，邀冀胡马功。

去来今何道，卑贱生所钟。

但令塞上儿，知我独为雄。

〔一〕境：一作节。　〔二〕埋身、沉命，皆坚志赴敌之意。〔三〕弃：一作罢。

① 骍（xīng）：赤色。② 要途：迎于途中。③ 阙绝：缺乏。④ 沉命：绝命。⑤ 四墉（yōng）：四周的城墙。

代升天行〔一〕

家世宅关辅，胜带宦王城。

备闻十帝事，委曲两都情。

倦见物兴衰，骤睹俗屯平①。

翩翩若回掌，恍惚似朝荣。

穷途悔短计，晚志重〔二〕长生。

从师入远岳，结友事仙灵。

五图〔三〕发金记，九籥隐丹经〔四〕。

风餐委松宿，云卧恣天行。

冠霞登彩阁，解玉②饮椒庭。

暂游越万里，少〔五〕别数千龄。

凤台无还驾，箫管有遗声〔六〕。

何当与汝曹，啄腐③共吞腥。

〔一〕《升天行》本求仙之意，而此诗"穷途"二句，似亦讥学仙者。　〔二〕重：一作爱。　〔三〕图：一作芝。

〔四〕道书有《五岳真形图全记》，谓金丹书也。箓者，藏书之箓，丹有九转，故曰九箓也。　〔五〕少：一作近。　〔六〕《列仙传》：萧史者，善吹箫，秦穆公以女弄玉妻之，为作凤台，夫妇止其上，一日随凤飞去。

① 屯平：艰难与平易。② 解玉：代指辞官。③ 啄腐：比喻追求功名利禄。

松柏篇〔一〕

余患脚上气四十余日。知旧先借《傅玄集》，以余病剧，遂见还。开帙，适见乐府诗《龟鹤篇》，于危病中见长逝词，恻然酸怀。抱如此重病，弥时不差，呼吸乏喘，举目悲矣。火药间阙，而拟之。

〔一〕并序。

松柏受命独，历代长不衰。
人生浮且脆，鴥①若晨风悲。
东海进逝川，西山导落晖。
南廓〔一〕悦籍短，蒿里收永归。
谅无畴昔时，百病起尽期。
志士惜牛刀，忍勉自疗治。
倾家行药事，颠沛去迎医。
徒备火石苦，奄至不得辞。
龟龄安可获，岱宗限已迫。
睿圣不得留，为善何所益。

舍此赤县居,就彼黄垆②宅。
永离九原亲,长与三辰隔。
属纩③生望尽,阖棺世业埋。
事痛存人心,恨结亡者怀。
祖葬既云及,圹隧亦已开。
室族内外哭,亲疏同共哀。
外姻远近至,名列通夜台。
扶舆出殡宫,低徊恋庭室。
天地有尽期,我去无还日。
居者今已尽,人事从此毕。
火歇烟既没,形锁声亦灭。
鬼神来依我,生人永辞诀。
大暮杳悠悠,长夜无时节。
郁湮重冥下,烦冤难具说。
安寝委沉寞,恋恋念平生。
事业有余结,刊述未及成。
资储无担石,儿女皆孩婴。
一朝放舍去,万恨缠我情。
追忆世上事,束教已自拘。
明发靡怡愈,夕归多忧虞。
辙闲晨径荒,辍宴式酒濡。
知今瞑目苦,恨失尔时娱。
遥遥远民居,独埋深壤中。
墓前人迹灭,冢上草日丰。
空林响鸣蜩,高松结悲风。
长寐无觉期,谁知逝者穷。
生存处交广,连榻舒华茵。

已没一何苦,楛哉不容身。
昔日平居时,晨夕对六亲。
今日奄奈何,一见无谐因。
礼席有降杀,三龄速过隙。
几筵就收撤,室宇改畴昔。
行女游归途〔二〕,仕子复王役。
家世本平常,独有亡者剧。
时祀望归来,四节静茔丘。
孝子抚坟号,父兮知来不。
欲还心依恋,欲见绝无由。
烦冤荒陇侧,肝心尽崩抽。

〔一〕廓:一作郊。 〔二〕行女:已嫁之女。

① 鴥(yù):鸟疾飞的样子。② 黄垆:代指黄泉。③ 属纩:中国古代的一种丧俗,指用新绵置于临死者鼻前,察其是否断气。此处为临终之意。

代苦热行

赤阪①横西阻,火山赫南威。
身热头且痛,马坠魂来归。
汤泉发云潭,焦烟起石圻②。
日月有恒昏,雨露未尝晞。
丹蛇逾百尺,玄蜂盈十围。
含沙射流影,吹蛊病行晖。
瘴气昼薰体,菵露③夜沾衣〔一〕。

饥猿莫下食，晨禽不敢飞。
毒泾尚多死，度泸宁具腓。
生躯蹈死地，昌志登祸机。
戈船荣既薄，伏波赏亦微。
爵轻君尚惜，士重安可希〔二〕。

〔一〕茵，草名，有毒，其上露，触之，肉即溃烂。　〔二〕《韩诗外传》：宋燕相齐，罢，召客与赴诸侯，皆伏不对。田饶曰："君纨素锦绣，从风而敝，士曾不得缘衣。夫财者君所轻，死者士所重，君不能用所轻，欲使士用重乎？"　○前言苦热瘴毒。末言从军死地，劳多而赏薄。

① 赤阪：西域地名。其地酷热。② 石圻：曲折的石岸。③ 茵（wǎng）露：茵草上的露水。

代朗月行

朗月出东山，照我绮窗前。
窗中多佳人，被服妖且妍。
靓妆坐帷里，当户弄清弦。
鬓夺卫女①迅，体绝飞燕先。
为君歌一曲，当作朗月篇。
酒至颜自解，声和心亦宣。
千金何足重，所存意气间。

① 卫女：即汉武帝的第二任皇后卫子夫，她的鬓发极美。

代堂上歌行

四坐且莫喧，听我堂上歌。
昔仕京洛时，高门临长河。
出入重宫里，结友曹与何。
车马相驰逐，宾朋好容华。
阳春孟春月，朝光散流霞。
轻步逐芳风，言笑弄丹葩。
晖晖朱颜酡，纷纷织女梭。
满堂皆美人，目成对湘娥。
虽谢侍君闲，明妆带绮罗。
筝笛更谈吹，高唱好相和。
万曲不关心，一曲动情多。
欲知情厚薄，更听此声过。

代结客少年场行〔一〕

骢马①金络头，锦带佩吴钩。
失意杯酒间，白刃起相仇。
追兵一旦至，负剑远行游。
去乡三十载，复得还旧丘。
升高临四关②，表里望皇州。
九衢平若水，双阙似云浮。
扶宫罗将相，夹道列王侯。
日中市朝满，车马若川流。

击钟陈鼎食,方驾自相求。
今我独何为,坎壈③怀百忧。

〔一〕《结客少年场》本言轻生重义,慷慨以立功名者,此则兼言晚节坎壈之状。　　○气势。

① 骢马:青白色相杂的马。② 四关:洛阳的四座关塞,分别是东成皋、南伊阙、北孟津、西函谷。③ 坎壈(kǎn lǎn):困顿;不顺。

扶风歌

昨辞金华殿,今次雁门县。
寝卧握秦戈,栖息抱越箭。
忍悲别亲知,行泣随征传①。
寒烟空徘徊,朝日乍舒卷。

① 征传:远行人所乘的驿车。

代少年时至衰老行

忆昔少年时,驰逐好名晨。
结友多贵门,出入富儿邻。
绮罗艳华风,车马自扬尘。
歌唱青齐女,弹筝燕赵人。

好酒多芳气,肴味厌时新。
今日每相念,此事邈无因。
寄语后生子,作乐当及春。

代阳春登荆山行

旦登荆山头,崎岖道难游。
早行犯霜露,苔滑不可留。
极眺入云表①,穷目尽帝州。
方都②列万室,层城带高楼。
奕奕③朱轩驰,纷纷缟衣流。
日氛映山浦,暄雾逐风收。
花木乱平原,桑柘绵平畴。
攀条弄紫茎,藉露折芳柔。
遇物虽成趣,念者不解忧。
且共倾春酒,长歌登山丘。

① 云表:云外。② 方都:大都城。③ 奕奕:高大而美好的样子。

代贫贱苦愁行

湮没虽死悲,贫苦即生剧。
长叹至天晓,愁苦穷日夕。

盛颜当少歇,鬓发先老白。
亲友四面绝,朋知断三益①。
空庭惭树萱,药饵愧过客。
贫年忘日时,黯颜就人惜。
俄顷不相酬,恧怩②面已赤。
或以一金恨,便成百年隙。
心为千条计,事未见一获。
运圮③津途塞,遂转死沟洫。
以此穷百年,不如还窀穸④。

① 三益:指直、谅、多闻的三类朋友。② 恧怩(nǜ ní):惭愧;忸怩。③ 圮(pǐ):毁坏;倒塌。④ 窀穸(zhūn xī):墓穴。

代边居行

少年远京阳,遥遥万里行。
陋巷绝人径,茅屋摧山冈。
不睹车马迹,但见麋鹿场。
长松何落落①,丘陇无复行。
边地无高木,萧萧②多白杨。
盛年日月书,一去万恨长。
悠悠世中人,争此锥刀③忙。
不忆贫贱时,富贵辄相忘。
纷纷徒满目,何关慨予伤。
不如一亩中,高会挹④清浆。
遇乐便作乐,莫使候朝光。

① 落落：高高的样子。② 萧萧：风声。③ 锥刀：小刀的尖端。比喻微利。④ 挹（yì）：舀。

代邽街行〔一〕

伫立出门衢，遥望转蓬飞。
蓬去旧根在，连翩逝不归。
念我舍乡俗，亲好久乖违。
慷慨怀长想，惆怅恋音徽①。
人生随事变，迁化焉可祈。
百年难必果，千虑易盈亏。

〔一〕一作去邪行。

① 音徽：音容。

萧史曲

萧史爱长年，嬴女惜童颜。
火粒①愿排弃，霞雾好登攀。
龙飞逸天路，凤起入秦关。
身去长不返，箫声时往还。

① 火粒：代指五谷。

侍宴覆舟山二首

息雨清上郊，开云照中县。
游轩越丹居①，晖烛集凉殿②。
凌高跻③飞楹，追猋④起流宴。
松苑含灵群，岩庭藏物变。
明辉烁神都，丽气冠华甸⑤。
目远幽情周，醴洽深恩遍。

① 丹居：代指宫殿。② 凉殿：可以取凉的殿堂。③ 跻：登；升。
④ 猋：同飙，暴风；疾风。⑤ 华甸：精华荟聚的地方。常指京都。

繁霜飞玉闼①，爱景丽皇州。
清跸②戒驰路，羽盖伫宣游。
神居既崇盛，岩崄信环周。
礼俗陶德声，昌会溢民讴。
惭无胜化质，谬从云雨游。

① 玉闼：华美的门。常指帝王或仙人的居所。② 清跸（bì）：借指帝王的车辇。

从拜陵登京岘

孟冬十月交，杀盛阴欲终。
风烈无劲草，寒甚有凋松。
军井冰昼结，士马毡夜重。

晨登岘山首，霜雪凝未通。
息鞍循陇上，支剑望云峰。
表里观地险，升降究天容。
东岳覆如砺，瀛海安足穷。
伤哉长永矣，驰光不再中。
衰贱谢远愿，疲老还旧邦。
深德竟何报，徒令田陌空。

蒜山被始兴王命作

暮冬霜朔严，地闭泉不流。
玄武藏木阴，丹鸟还养羞①。
劳农②泽既周，役车时亦休。
高薄符好倩③，藻驾及时游。
鹿苑岂淹睇④，兔园不足留。
升峤⑤眺日轨，临迥望沧洲。
云生玉堂里，风靡银台陬。
陂石类星悬，屿木似烟浮。
形胜信天府，珍宝丽皇州。
白日回清景，芳艳洽欢柔。
参差出寒吹，飂戾江上讴。
王德爱文雅，飞翰洒鸣球⑥。
美哉物会昌，衣道服光猷。

① 养羞：储藏食物。② 劳农：慰勉农人。③ 倩（qiàn）：同

茜，草茂盛的样子。④ 淹睇（yān dì）：久顾。⑤ 峤：高山。⑥ 鸣球：击响玉磬。

登庐山

悬装乱水区，薄旅次①山楹②。
千岩盛阻积，万壑势回萦。
巃嵸③高昔貌，纷乱袭前名。
洞涧窥地脉，耸树隐天经。
松磴④上迷密，云窦⑤下纵横。
阴冰实夏结，炎树信冬荣。
嘈囐⑥晨鹍思，叫啸夜猿清。
深崖伏化迹，穷岫阂⑦长灵。
乘此乐山性，重以远游情。
方跻羽人途，永与烟雾并。

① 次：到；住。② 山楹：山中房屋。③ 巃嵸（lóng zǒng）：高峻的样子。④ 松磴（dèng）：有松树的坡路。⑤ 云窦（dòu）：云气出没的山洞。⑥ 嘈囐：即"嘈杂"。⑦ 阂：掩蔽。

登庐山望石门

访世失隐沦，从山异灵士。
明发振云冠，升峤远栖趾。

高岑隔半天，长崖断千里。
氛雾承星辰，潭壑洞①江汜②。
崭绝③类虎牙，巑岏④象熊耳。
埋冰或百年，韬树⑤必千祀⑥。
鸡鸣清涧中，猿啸白云里。
瑶波逐穴开，霞石触峰起。
回互非一形，参差悉相似。
倾听凤管宾⑦，缅望钓龙子⑧。
松桂盈膝前，如何秽城市。

① 洞：通。② 江汜（sì）：江边。③ 崭绝：险峻陡峭至极。④ 巑岏（cuán wán）：山势峻峭。⑤ 韬：藏。⑥ 千祀（sì）：千年。⑦ 凤管宾：吹奏笙箫之乐的人。此处指喜好吹笙且能吹出如凤凰鸣叫一样声音的仙人王子晋。⑧ 钓龙子：此处指于涎溪钓得白龙的陵阳子明。

从登香炉峰

辞宗盛荆梦，登歌美皃绎①。
徒收杞梓②饶，曾非羽人宅。
罗景霭云扃③，沾光扈④龙策。
御风亲列涂⑤，乘山穷禹迹。
含啸对雾岑，延萝倚峰壁。
青冥摇烟树，穹跨负天石。
霜崖灭土膏，金涧测泉脉。
旋渊抱星汉，乳窦通海碧。

谷馆驾鸿人，岩栖咀丹客。
殊物藏珍怪，奇心隐仙籍。
高世伏音华，绵古遁精魄。
萧瑟生哀听，参差远惊觌。
惭无献赋才，洗污奉毫帛⑥。

① 凫绎（fú yì）：凫山和绎山。② 杞梓（qǐ zǐ）：两种优良木材名称。后比喻优秀的人才。③ 云扃（jiōng）：高山上的屋室。④ 扈（hù）：随从。⑤ 列涂：御风而行的列子在空中的路径。⑥ 毫帛：毛笔和竹帛。

从庾中郎游园山石室

荒途趣①山楹，云崖隐灵室。
冈涧纷萦抱，林障杳重密。
昏昏磴②路深，活活梁水疾。
幽隅秉昼烛，地牖窥朝日。
怪石似龙章③，瑕壁丽锦质。
洞庭安可穷，漏井终不溢。
沉空绝景声，崩危坐惊栗。
神化岂有方，妙象竟无述。
至哉炼玉人，处此长自毕④。

① 趣：同"趋"，奔走。② 磴（dèng）：石阶。③ 龙章：龙纹。章，文采。④ 自毕：自全。

登翻车岘

高山绝云霓，深谷断无光。
昼夜沦雾雨，冬夏结寒霜。
淖坂①既马领，碛路②又羊肠。
畏途疑旅人，忌辙覆行箱。
升岑望原陆，四眺极川梁。
游子思故居，离客迟新乡。
新知有客慰，追故游子伤。

① 淖（nào）坂：泥泞的坡路。② 碛（qì）路：多沙石的道路。

登黄鹤矶

木叶江渡寒，雁还风送秋。
临流断商弦①，瞰川悲棹讴。
适郢无东辕，还〔一〕夏有西浮。
三崖隐丹磴，九派引沧流。
泪行感湘别，弄珠怀汉游②。
岂伊药饵泰，得夺旅人忧。

〔一〕还：《艺文》作过。

① 商弦：弹奏商调的丝弦。商调之音，肃杀悲凉。②"弄珠"句：指郑交甫游汉水，遇二神女，神女解玉佩相赠。见《列仙传》。

登云阳九里埭

宿心不复归,流年抱衰疾。
既成云雨人,悲绪终不一。
徒忆江南声,空录齐后瑟。
方绝萦弦思,岂见绕梁日。

自砺山东望震泽

澜漫潭洞波,合沓①崿嶂②云。
涨岛远不测,冈涧近难分。
幽篁愁暮见,思鸟伤夕闻。
以此藉沉痾,栖迹别人群。
结言非尽书,有念岂敷文。

① 合沓:聚集;攒聚。② 崿嶂(è zhàng):险峻的山峰。

三日游南苑

采藻及华月①,追节逐芳云。
腾茜溢林疏,丽日晔山文。
清潭圆翠会,花薄绿绮纹。
合樽遽景斜,折荣吝组芬。

① 华月：美盛的时节。

赠故人马子乔六首

踯躅①城上羊，攀隅食玄草。
俱共日月辉，昏明独何早。
夕风飘野铎，飞尘被长道。
亲爱难重陈，怀忧坐空老。

① 踯躅（zhí zhú）：徘徊不前的样子。

寒灰灭更然①，夕华晨更鲜。
春冰虽暂改，冬水复还坚。
佳人舍我去，赏爱长绝缘。
欢至不留日，感物辄伤年。

① 然：同"燃"，烧。

松生陇坂上，百尺下无枝。
东南望河尾，西北隐昆崖。
野风振山籁，朋鸟夜惊离。
悲凉贯年节，葱翠恒若斯。
安得草木心，不怨寒暑移。

种橘南池上，种杏北池中。

池北既少露，池南又多风。
早寒逼晚岁，衰恨满秋容。
湘滨有灵鸟，其字曰鸣鸿。
一挹缯缴①痛，长别远无双。

① 缯缴：猎取飞鸟的射具。

皎如川上鹄，赫似握中丹。
宿心谁不欺，明白古所难。
凭楹①观皓月，洒洒荡忧颜。
永念生平意，穷光不忍还。
淹留徒攀桂，延伫空结兰。

① 凭楹：倚靠着柱子。

双剑将离别，先在匣中鸣。
烟雨交将夕，从此遂分形。
雌沉吴江里〔一〕，雄飞入楚城。
吴江深无底，楚关有崇扃①。
一为天地别，岂直限幽明②。
神物终不隔，千祀③倘还并。

〔一〕里：《玉台》作水。

① 崇扃（jiōng）：高大的门。② 幽明：此指光线暗处和亮处。
③ 千祀：千年。

答客

幽居属有念,合意未连词。
会客从外来,问君何所思。
澄神自惆怅,嘿虑①久回疑。
谓宾少安席,方为子陈之。
我以荜门②士,负学谢前基。
爱赏好遍越③,放纵少矜持。
专求遂性乐,不计缉名④期。
欢至独斟酒,忧来辄赋诗。
声交稍希歇,此意更坚滋。
浮生急驰电,物道险弦丝。
深忧寡情谬,进伏两暌时⑤。
愿赐卜身要,得免后贤嗤。
○对客自陈素抱,而终问之,亦屈原卜居之旨。

① 嘿虑:深思熟虑。② 荜(bì)门:用竹荆编织的门,形容房屋简陋。③ 遍越:与众不同。④ 缉名:成名。⑤ 暌(kuí)时:违时。

和王丞

限生归有穷,长意〔一〕无已年。
秋心日迥绝,春思坐连绵。
衔协①旷古愿,斟酌高代贤。
遁迹俱浮海,采药共还山。
夜听横石波,朝望宿岩烟。

明涧子沿越,飞萝予萦牵。
性好必齐遂,迹幽非妄传。
灭志身世表,藏名琴酒间。
〔一〕意:一作忆。

① 衔协:怀揣。

日落望江赠荀丞

旅人乏愉乐,薄暮增思深。
日落岭云归,延颈望江阴。
乱流灇①大壑,长雾匝②高林。
林际无穷极,云边不可寻。
惟见独飞鸟,千里一扬音。
推其感物情,则知游子心。
君居帝京内,高会日挥金。
岂念慕群客,咨嗟恋景沉。
〇情韵。

① 灇(cóng):谓水会合。② 匝:围绕。

秋日示休上人

枯桑叶易零,疲客心易惊。
今兹亦何早,已闻络纬①鸣。
回风灭且起,卷蓬息复征。

怆怆簟[2]上寒,凄凄帐里清。
物色延暮思,霜露逼朝荣[3]。
临堂观秋草,东西望楚城。
百物方萧瑟,坐叹从此生。

① 络纬:虫名,此虫常在夏季的夜晚振翅,其鸣声急促似纺丝。② 簟(diàn):竹席。③ 朝荣:木槿。其花晨开暮落。

答休上人

酒出野田稻,菊生高冈草。
味貌复何奇,能令君倾倒。
玉碗徒自羞,为君慨此秋。
金盖覆牙柈,何为心独愁。

吴兴黄浦亭庾中郎作

风起洲渚寒,云上日无辉。
连山眇烟雾,长波迥难依。
旅雁方南过,浮客未西归。
已经江海别,复与亲眷违。
奔景易有穷,离袖安可挥。
欢觞为悲酌,歌服成泣衣。
温念终不渝,藻志远存追。

役人多牵滞，顾路惭奋飞。
昧心附远翰，炯言藏佩韦①。

① 佩韦：性急者佩之以自警戒的韦皮，后引申为有益的规劝。

与伍侍郎别

民生如野鹿，知爱不知命。
饮龁①具攒聚，翘陆②欻③惊迸④。
伤我慕类心，感尔食苹性。
漫漫鄢郢⑤途，渺渺淮海径。
子无金石质，吾有犬马病。
忧乐安可言，离会孰能定。
钦哉慎所宜，砥德乃为盛。
贫游不可忘，久交念敦敬。

① 饮龁（hé）：喝水吃草。② 翘陆：举足跳跃。③ 欻（xū）：快速。④ 惊迸：惊慌奔散。⑤ 鄢郢：地名，楚都。春秋楚文王定都于郢，惠王之初曾迁都于鄢，仍号郢。

送别王宣城

发郢流楚思，涉淇①兴卫情。
既逢青春②献，复值白蘋生。
广望周千里，江郊蔼微明。

举爵自惆怅，歌管为谁清。
颍阴③腾前藻，淮阳④流昔声。
树道慕高华，属路⑤伫深馨。

①淇：水名，流入卫河。②青春：春天。③颍阴：县名，属颍川郡。西汉黄霸为守，治为天下第一。④淮阳，郡名。西汉名臣汲黯曾为郡守。⑤属路：沿途；沿路。

送从弟道秀别

参差生密念，踯躅行思悲。
悲思恋光景，密念盈〔一〕岁时。
岁时多阻折，光景乏安怡。
以此苦风情，日夜惊悬旗。
登山临朝日，扬袂别所思。
浸淫旦潮广，澜漫宿云滋。
天阴惧先发，路远常早辞。
篇诗后相忆，杯酒今无持。
游子苦行役，冀会非远期。
〔一〕盈：一作弥。

赠傅都曹别

轻鸿戏江潭，孤雁集洲沚。
邂逅两相亲，缘念共无已。

风雨好东西,一隔顿万里。
追忆栖宿时,声容满心耳。
落日川渚寒,愁云绕天起。
短翮不能翔,徘徊烟雾里。

和傅大农与僚故别

绝节①无缓响,伤雁有哀音。
非同年岁意,谁共〔一〕别离心。
伊昔谬通途,冠屦预人林。
浮江望南岳,登潮窥海阴。
孰谓游居浅,慕美久相深。
萋萋春草秀,嘤嘤喜候禽。
辰物尽明茂,尊盛独幽沉。
之子安所适,我方栖旧岑。
坠欢岂更接,明爱邈难寻。
〔一〕共:一作异。

① 节:一种控制节奏的打击乐器。

送盛侍郎饯候亭

沾霜袭冠带,驱驾越城闉①。
北临出塞道,南望入乡津。

高墉宿寒雾,平野起秋尘。
君为坐堂子,我乃负羁[2]人。
欣悲岂等志,甘苦诚异身。
结涕园中草,憔悴悲此春。

①闉(yīn):城门。② 负羁:手执马络头,后引申为随从和执贱役的代称。

与荀中书别

劳舟厌长浪,疲斾倦行风。
连翩感孤志,契阔伤贱躬。
亲交笃离爱,眷恋置酒终。
敷文勉征念,发藻慰愁容。
思君吟涉洧,抚己谣渡江。
惭无黄鹤翅,安得久相从。
愿遂宿知意,不使旧山空。

从过旧宫

肃装属云旅[1],奉靷[2]承末途。
严恭履桑梓,加敬览枌榆[3]。
灵命蕴川渎,帝宝伏篇图。
虎变由石纽,龙翔自鼎湖。

功冠生民始,道妙神器初。
宫陛留前制,歌思溢今衢。
余祥见云物,遗像存陶渔。
泉流信清泌,原野实甘荼。
岂伊爱酆鄗,天险兼上腴。
东秦邦北门,非亲谁克居。
仁声日月懋,惠泽云雨敷。
卢令美何歇,唐风久不渝。
微臣逢世庆,征赋备人徒。
空费行苇德,采束谢生刍。

①云旅:军旅。②靷(yǐn):古时拴在车轴上拉着车前进的皮带。③枌榆:汉高祖故乡丰县的里社名。后泛指故乡。

从临海王上荆初发新渚

客行有苦乐,但问客何行〔一〕。
扳龙①不待翼,附骥②绝尘冥。
梁珪分楚牧③,羽鹢④指全荆。
云舻⑤掩江汜,千里被连旌。
戾戾旦风遒,嘈嘈晨鼓鸣。
收缆辞帝郊,扬棹发皇京。
狐兔怀窟志,犬马恋主情。
抚襟同太息,相顾俱涕零。
奉役途未启,思归思已盈。

〔一〕袭王粲《从军行》调。

① 扳龙：比喻依附帝王或有权势的人。② 附骥：蚊蝇附在马的尾巴上亦可以远行千里。比喻攀附权贵而成名的人。③ 楚牧：荆州刺史。④ 羽鹢（yì）：代指船。⑤ 云舻（lú）：接连不断的船队。

还都道中三首

悦怿遂还心，踊跃贪至勤。
鸣鸡戒征路，暮息落日分。
急流腾飞沫，回风起江濆。
孤兽啼夜侣，离鸿噪霜群。
物哀心交横，声切思纷纭。
叹慨诉同旅，美人无相闻。

风急讯湾浦，装高偃樯舳。
夕听江上波，远极千里目。
寒律惊穷蹊，爽气起乔木。
隐隐日没岫，瑟瑟风发谷。
鸟还暮林喧，潮上冰结洑①。
夜分霜下凄，悲端出遥陆。
愁来攒入怀，羁心苦独宿。

① 洑（fú）：漩涡。

久宦迷远川，川广每多惧。
薄止间①边亭，关历险程路。
霪霩②冥隅岫，濛昧江上雾。

时凉籁争吹，流渐³浪奔趣〔一〕。
恻焉增愁起，搔首东南顾。
茫然荒野中，举目皆凛素。
回风扬江泌④，寒鸟栖动树。
太息终晨漏，企我归飙遇。

〔一〕趣：一作注。

① 闾：里巷的大门。② 靅霴（dàn duì）：密集的样子。③ 流渐（jiàn）：流水。④ 江泌：湍急的江水。

上浔阳还都道中

昨夜宿南陵，今旦入芦洲。
客行惜日月，崩波①不可留。
侵星②赴早路，毕景③逐前俦④。
鳞鳞夕云起，猎猎⑤晚〔一〕风遒。
腾沙郁黄雾，翻浪扬白鸥。
登舻⑥眺淮甸⑦，掩泣望荆流。
绝目尽平原，时见远烟浮。
倏忽坐还合，俄思甚兼秋。
未尝违户庭，安能千里游。
谁令乏古节，贻此越乡忧。

〔一〕一作晓。

① 崩波：奔腾的波浪。② 侵星：拂晓；黎明。③ 毕景：傍晚。④ 前俦：走在前面的同行之人。⑤ 猎猎：风声。⑥ 舻：船头。

⑦淮甸：指淮河流域。

还都至三山望石头城

泉源安首流，川末澄远波。
晨光被水族，晓气歇林阿。
两江皎平迥，三山郁骈罗①。
南帆望越峤，北榜指齐河。
关扃②绕天邑③，襟带抱尊华。
长城非壑崄，峻岨④似荆芽。
攒楼⑤贯白日，摛堞⑥隐丹霞。
征夫喜观国，游子迟见家。
流连入京引，踯躅望乡歌。
弥前叹景促，逾近勌路多。
偕萃犹如兹，弘易将谓何。

①骈罗：骈比罗列。②关扃：关隘山岭。③天邑：京都。④岨（qū）：戴土的石山。⑤攒楼：聚集成团的楼房。⑥摛堞：绵延的城墙。

还都口号

分壤蕃帝华①，列正蔼皇宫。
礼宴及时暇，朝奏因岁通。

维舟歇金景②,结棹俟昌风③。
钲歌④首寒物,归吹践开冬。
阴沉烟塞合,萧瑟凉海空。
驰霜急归节,幽云惨天容。
旌鼓贯玄途,羽鹢被长江。
君王迟京国,游子思乡邦。
恩世共渝洽,身愿两扳逢。
勉哉河济客,勤尔尺波功。

① 帝华:指京都。② 金景:代指落日。③ 昌风:西风;秋风。④ 钲歌:即军中铙歌。

行京口至竹里

高歌危①且竦②,锋石横复仄。
复涧隐松声,重崖伏云色。
冰闭寒方壮,风动鸟倾翼。
斯志逢凋严③,孤游值曛逼④。
兼途无憩鞍,半菽⑤不遑食。
君子树令名,细人效命力。
不见长河水,清浊俱不息。

① 危:高。② 竦:耸立。③ 凋严:代指严冬。④ 曛逼:落日的余光。⑤ 半菽:半菜半粮。代指粗劣的饭食。

发后渚

江上气早寒，仲秋始霜雪。
从军乏衣粮，方冬与家别。
萧条背乡心，凄怆清渚发。
凉埃晦平皋，飞潮隐修樾①。
孤光独徘徊，空烟视升灭。
途随前峰远，意逐后云结。
华志分驰年，韶颜惨惊节。
推琴三起叹，声为君断绝。

① 修樾：高树。

岐阳守风

差池玉绳①高，掩蔼②瑶井③没。
广岸屯宿阴，悬岩栖归月。
役人喜先驰，军令申早发。
洲迥风正悲，江寒雾未歇。
飞云日东西，别鹤方楚越。
尘衣孰挥浣，蓬思乱光发。

① 玉绳：星名。其位置在玉衡之北。② 掩蔼：暗淡的样子。③ 瑶井：星名。其位置在参宿西左足下。

发长松遇雪

土牛①既送寒,冥陆方浃驰。
振风摇地局,封雪满空枝。
江渠合为陆,天野浩无涯。
饮泉冻马骨,斫冰②伤役疲。
昆明岂不惨,黍谷宁可吹。

① 土牛:即以土为之的"春牛"。古时每于农历十二月造土牛以劝农耕,用之送寒气。② 斫冰(zhuó):击冰。

咏史

五都①矜财雄,三川②养声利。
百金不市死③,明经有高位。
京城十二衢,飞甍④各鳞次。
任子彯华缨,游客竦轻辔。
明星晨未晞,轩盖已云至。
宾御纷飒沓,鞍马光照地。
寒暑在一时〔一〕,繁华及春媚。
君平独寂寞,身世两相弃。

〔一〕所好生毛羽,所恶成疮痏,势利所在,变态须臾,故曰寒暑在一时。 ○气势。

① 五都:西汉以洛阳、邯郸、临淄、宛、成都为五都。后泛指繁盛的都市。② 三川:洛阳有河、洛、伊三水,故曰三川。③ 市死:即弃市,在闹市处死。④ 飞甍(méng):高大的屋脊。

鲍明远五古

蜀四贤咏〔一〕

渤渚水浴凫，春山玉抵鹊①。
皇汉方盛明，群龙满阶阁。
君平因世间，得还守寂寞。
闭帘注道德，开卦述天爵②。
相如达生旨，能屯③复能跃。
陵令④无人事，毫墨时洒落。
褒气有逸伦，雅缋信炳博⑤。
如令圣纳贤，金珰易羁络。
良遽神明游，岂伊覃思⑥作。
玄经不期赏，虫篆忧散乐。
首路或参差，投驾均远托。
身表既非我，生内任丰薄。

〔一〕司马相如、王褒、严君平、扬雄。

① 玉抵鹊：借喻物多则贱。② 天爵：天赋的爵位，即德高名重，胜于官爵。③ 屯：卷曲。④ 陵令：守卫帝王陵寝的官员。⑤ 炳博：文章绚烂，学识渊博。⑥ 覃（tán）思：深思。

拟古

鲁客事楚王，怀金袭①丹素②。
既荷主人恩，又蒙令尹顾。
日晏罢朝归，鞍马塞衢路。
宗党生光辉，宾仆远倾慕。

富贵人所欲，道德亦何惧。
南国有儒生，迷方独沦误。
伐木清江湄，设置守毚兔③。
○气势。自伤不遇，不如鲁客之宜成名遂。

①袭：穿着；身着。②丹素：泛指士大夫的衣服。③毚（chán）兔：狡兔。

十五讽①诗书，篇翰靡不通。
弱冠参多士，飞步游秦宫。
侧睹君子论，预见古人风。
两说穷舌端，五车摧笔锋。
羞当白璧贶②，耻受聊城功③。
晚节从世务，乘障远和戎。
解佩袭犀渠④，卷帙奉卢弓。
始愿力不及，安知今所终。

○气势。前十句，以舌端、笔锋跌宕自喜；"晚节"四句，仅以和戎见长，悼本志之变化。末二句，言今之事已异于昔之志，则后之遇当又异于今之事矣。

①讽：诵。②贶（kuàng）：赐。③聊城功：代指战功。④犀渠：即犀甲。

幽并重骑射，少年好驰逐。
毡带佩双鞬①，象弧②插雕服。
兽肥春草短，飞鞚越平陆。
朝游雁门上，暮还楼烦宿。
石梁有余劲，惊雀无全目〔一〕。
汉虏方未和，边城屡翻覆。

留我一白羽，将以分虎竹③。

〔一〕《阙子》：宋景公使工人为弓，九年乃成。公登虎圈之台而射之，矢逾西霜山，其余力益劲，犹饮羽于石梁。《帝王世纪》：帝羿与吴贺射雀，贺曰："射其左目。"羿误中右目，仰首而愧。○气势。志在立功边郡。

① 鞬：马上盛弓箭的器具。② 象弧：用象牙装饰的弓。③ 虎竹：铜虎符与竹使符的并称。

凿井北陵隈①，百丈不及泉。
生事本澜漫②，何用独精坚。
幼壮重寸阴，衰暮及轻年。
放驾③息朝歌，提爵④止中山。
日夕登城隅，周回视洛川。
街衢积冻草，城郭宿寒烟。
繁华悉何在，宫阙久崩填。
空谤齐景非，徒称夷叔贤。
○气势。

① 隈（wēi）：山、城等弯曲的地方。② 澜漫：杂乱。③ 放驾：即停下车子。④ 提爵：提着酒器。

伊昔不治业，倦游观五都。
海岱①饶壮士，蒙泗多宿儒。
结发起跃马，垂白对讲书。
呼我升上席，陈觯②发飘壶。
管仲死已久，墓在西北隅。
后面崔嵬者，桓公旧冢庐。
君来诚既晚，不睹崇明初。

玉琬徒见传，交友义渐疏。

　　① 海岱：古指青、徐二州之地。今位于山东省渤海至泰山之间的地带。② 觯（zhì）：古代的酒器。

　　束薪幽篁里，刈黍寒涧阴。
　　朔风伤我肌，号鸟惊思心。
　　岁暮井赋讫，程课相追寻。
　　田租送函谷，兽藁①输上林。
　　河渭冰未开，关陇雪正深。
　　笞击官有罚，呵辱吏见侵。
　　不谓乘轩②意，伏枥还至今。

　　① 兽藁（gǎo）：动物食用的禾秆、谷秸等植物。② 乘轩：乘坐大夫的车子。代指做官。

　　河畔草未黄，胡雁已矫翼。
　　秋萤扶户吟，寒妇成夜织。
　　去岁征人还，流传旧相识。
　　闻君上陇时，东望久叹息。
　　宿昔改衣带，朝旦〔一〕异容色。
　　念此忧如何，夜长愁更多。
　　明镜尘匣中，瑶琴生网罗。
　〔一〕朝旦：《玉台》作旦暮。

　　蜀汉多奇山，仰望与云平。
　　阴崖积夏雪，阳谷散秋荣。
　　朝朝见云归，夜夜闻猿鸣。

忧人本自悲,孤客易伤情。
临堂设樽酒,留酌思平生。
石以坚为性,君勿轻素诚。

绍古辞七首

橘生湘水侧,菲陋①人莫传。
逢君金华宴,得在玉几②前。
三川穷名利,京洛富妖妍。
恩荣难久恃,隆宠易衰偏。
观席妾凄怆,睹翰君泫然。
徒抱忠孝志,犹为蒵菲迁。

① 菲陋:平凡;浅陋。② 玉几:用玉装饰的矮桌。

昔与君别时,蚕妾初献丝。
何言年月驶,寒衣已捣治。
绦绣多废乱,篇帛久尘缁①。
离心壮为剧,飞念如悬旗。
石席我不爽,德音君勿欺。

① 尘缁:灰尘;污垢。

瑟瑟凉海风,竦竦寒山木。
纷纷羁思盈,慊慊夜弦促。

访言山海路,千里歌别鹄。
弦绝空咨嗟,形音谁赏录。
辛苦异人状,美貌改如玉。
徒畜巧言鸟,不解心款曲。

孤鸿散江屿,连翩遵渚飞。
含嘶衡桂浦,驰顾河朔畿。
攒攒①劲秋木,昭昭净冬辉。
窗前涤欢爵,帐里缝舞衣。
芳岁犹自可,日夜望君归。

① 攒攒:丛聚的样子。

凭楹玩夜月,迥眺出谷云。
还山路已远,往海不及群。
徘徊清淮汭①,顾慕广江濆。
物情乖喜歇,守操古难闻。
三越②丰少姿,容态倾动君。

① 汭(ruì):河流弯曲处。② 三越:指吴越、闽越、南越。

开黛睹容〔一〕颜,临镜访遥途。
君子事河源,弥祀①阙还书。
春风扫地起,飞尘生绮疏②。
文裀③为谁设,罗帐空卷舒。
不怨身孤寂,但念星隐隅。
〔一〕容:一作朝。

① 弥祀：经年。② 绮疏：窗上的雕饰花纹。③ 文袿（guī）：有文采的华丽衣服。袿，妇女上衣。

暖岁节物早，万萌迎春达。
春风夜婏娟①，春雾朝晻霭②。
软兰叶可采，柔桑条易捋。
怨咽对风景，闷瞀③守闺闼。
天赋愁民命，舍生但契阔。
忧来无行伍，历乱如覃葛〔一〕。

〔一〕《诗》："女子善怀，亦各有行"，似为明远此句之所本。

① 婏（pián）娟：美好。② 晻霭：弥漫。③ 闷瞀（mào）：心烦意乱的样子。

学古

北风十二月，雪下如乱巾。
实是愁苦节，惆怅忆〔一〕情亲。
会①得两少妾，同是洛阳人。
嬛绵②好眉目，闲丽美腰身。
凝肤皎若雪，明净色如神。
骄爱生盼瞩，馨媚起朱唇。
衿服杂缇绩③，首饰乱琼珍。
调弦俱起舞，为我唱梁尘④。
人生贵得意，怀愿待君申。
幸值严冬暮，幽夜方未晨。

齐衿久两设,角枕⑤已双陈。
愿君早休息,留歌待三春。
〔一〕忆:一作别。

① 会:恰巧;适逢。② 嬽(xuān)绵:温柔美好的样子。③ 缇缋(tí huì):丹红色的布帛。此处指衣着华丽多彩。④ 梁尘:比喻悦耳的歌声。⑤ 角枕:指角制的或用角装饰的枕头。

古辞

容华不待年,何为客游梁。
九月寒阴合,悲风断君肠。
叹息空房妇,幽思坐自伤。
劳心结远路,惆怅独未央。

拟青青陵上柏

涓涓乱江泉,绵绵横海烟。
浮生旅昭世,空事叹华年。
书翰幸闲暇,我酌子縈弦。
飞镳①出荆路,骛服②指秦川。
渭滨富皇居,鳞馆匝河山。
舆童唱秉椒③,棹女歌采莲。
孚愉鸾阁上,窈窕凤楹前。

娱生信非谬，安用求多贤。

① 飞镳（biāo）：驱马前行。② 骛朊：纵横驰骋。③ 秉椒：指《诗经·国风·陈风》中的《东门之枌》。《东门之枌》诗："视尔如荍，贻我握椒。"

学刘公干体五首

欲宦乏王事，结主远恩私。
为身不为名，散书徒满帷。
连冰上冬月，披雪拾园葵。
圣灵烛区外，小臣良见遗。

瞖瞖①寒野雾，苍苍阴山柏。
树迥雾萦集，山寒野风急。
岁物尽沦伤，孤贞为谁立。
赖树自能贞，不计迹幽涩。

① 瞖瞖（yì）：昏暗的样子。

胡风吹朔雪，千里度龙山。
集君瑶台上，飞舞两楹①前。
兹晨自为美，当避艳阳天。
艳阳桃李节，皎洁不成妍。
〇以朔雪自比其岁寒皎洁之性。以桃李比侧媚之子希世取宠者。兹晨，冬也；艳阳天，春也。

① 两楹：房屋正厅中的两根柱子。

荷生渌泉中，碧叶齐如规。
回风荡流雾，珠水逐条垂。
彪炳此金塘，藻耀君王池。
不愁世赏绝，但畏盛明移。
○《艺文》作张华。

白日正中时，天下共明光。
北园有细草，当昼正含霜。
衰荣顿如此，何用独芬芳。
抽琴为尔歌，弦断不成章。

拟阮公夜中不能寐

漏分①不能卧，酌酒乱繁忧。
惠气②凭夜清，素景③缘隙流。
鸣鹤时一闻，千里绝无俦④。
伫立为谁久，寂寞空自愁。

① 漏分：半夜。② 惠气：和气，此指风。③ 素景：素影，月在水中的倒影，此指月。④ 无俦：无伴侣。

学陶彭泽体〔一〕

长忧非生意①,短愿不须多。
但使尊酒满,朋旧数相过。
秋风七八月,清露润绮罗。
提瑟当户坐,叹息望天河。
保此无倾动,宁复滞风波。

〔一〕奉和王义兴。

① 生意:生命力。

白云

探灵①喜解骨②,测化善腾天。
情高不恋俗,厌世乐寻仙。
炼金宿明馆,屑玉止瑶渊。
凤歌出林阙,龙驾戾③蓬山。
凌岩采三露,攀鸿戏五烟。
昭昭景临霞,汤汤风媚泉。
命娥双月际,要媛两星间。
飞虹眺卷河,泛雾弄轻弦。
笛声谢广宾,神道不复传。
一逐白云去,千龄犹未旋。

○此亦轻举远游之意。

① 探灵:探求超凡或神秘事物。② 解骨:代指登仙。③ 戾:至。

临川王服竟还田里

送旧礼有终,事君惭懦薄①。
税驾②罢朝衣,归志愿巢壑。
寻思邈无报,退命愧天爵。
舍耨③将十龄,还得守场藿。
道经盈竹笥,农书满尘阁。
怆怆秋风生,戚戚寒纬作。
丰雾粲草华,高月丽云崿④。
屏迹勤躬稼,衰疾倚芝药。
顾此谢人群,岂直止商洛。

① 懦薄:才能薄弱。② 税驾:即解驾休息。③ 耨:锄草的农具。④ 云崿(è):高耸入云的山崖。

行药至城东桥

鸡鸣关吏起,伐鼓①早通晨。
严车②临迥陌,延瞰历城闉。
蔓草缘高隅,修杨夹广津。
迅风首旦发,平路塞飞尘。
扰扰游宦子,营营市井人。
怀金近从利,抚剑远辞亲。
争先万里途,各事百年身。
开芳及稚节③,含采吝惊春〔一〕。
尊贤永照灼,孤贱长隐沦。

容华坐销歇,端为谁苦辛。

〔一〕二句以草喻人也。吝,惜也。草始而开芳,既而含彩,草极茂则有惊春之象,盛极则必衰,故可惜也。　○此诗亦感春之属。前十四句,言众人争名争利,扰扰不休。末四句,言容华销歇,不胜感叹。

①伐鼓:击鼓。②严车:整顿配备车辆。③稚节:少壮时节。

园中秋散

负疾固无豫①,晨衿怅已单。
气交蓬门疏,风数园草残。
荒墟半晚色,幽庭怜夕寒。
既悲月户清,复切夜虫酸。
流枕②商声苦,骚杀③年志阑④。
临歌不知调,发兴谁与欢。
倘结弦上情,岂孤林下弹。

①豫:乐。②流枕:漱流枕石,代指隐居。③骚杀:下垂晃动的样子。④阑:结束。

观圃人艺植

善贾笑蚕渔,巧宦贱农牧。
远养遍关市,深利穷海陆。
乘轺①实金羁,当垆②信珠服。

居无逸身伎,安得坐粱肉。
徒承属生幸,政缓吏平睦。
春畦及耘艺,秋场早芟筑。
泽阅既繁高,山营又登熟。
抱锸③垅上餐,结茅野中宿。
空识已尚淳,宁知俗翻覆。

① 轺(yáo):使者乘坐的轻便小马车。② 当垆:卖酒。③ 锸(chā):挖土的工具。

遇铜山掘黄精

土肪秘中经,水芝①韬内策〔一〕。
宝饵②缓童年,命药驻衰历。
矧蓄终古情,重拾烟雾迹。
羊角栖断云,榼③口流隘石。
铜溪昼森沉,乳窦夜涓滴。
既类风门磴,复像天井壁。
蹀蹀④寒叶离,瀁瀁秋水积。
松色随野深,月露依草白。
空守江海思,岂怀梁郑客。
得仁古无怨,顺道今何惜。

〔一〕策:一作籍。

① 水芝:荷花的别名。② 宝饵:代指长生不老药。③ 榼(kē):古代盛酒或贮水的器具。④ 蹀蹀(dié):飘动的样子。

见卖玉器者〔一〕

见卖玉器者,或人欲买,疑其是珉,不肯成市。聊作此诗,以戏买者。
〔一〕并序。

泾渭不可杂,珉玉①当早分。
子实旧楚客,蒙俗谬前闻。
安知理孚采,岂识质明温。
我方历上国,从洛入函辕②。
扬光十贵室,驰誉四豪门。
奇声振朝邑,高价服乡村。
宁能与尔曹,瑜瑕稍辨论。

① 珉:似玉之石。② 函辕:函谷关与辕辕关的并称。

怀楚人

哀乐生有端,离会起无因。
去事难重念,恍惚似如神。
属期眇起远,后遇邈无辰。
驰风扫遥路,轻罗含夕尘。
思君成首疾①,欲息②眉不伸。

① 首疾:头痛。② 息:安。

梦归乡〔一〕

衔泪出郭门,抚剑无人逵。
沙风暗空〔二〕起,离心眷乡畿。
夜分就孤枕,梦想暂言归。
孀妇当户叹,缲丝〔三〕复鸣机。
慊款①论久别,相将还绮闱②。
历历檐下凉,胧胧帷里晖。
刈兰争芬芳,采菊竞葳蕤。
开衾夺香苏,探袖解缨徽③。
梦中长路近,觉后大江违。
惊起空叹息,恍惚神魂飞。
白水漫浩浩,高山壮巍巍。
波澜异往复,风霜改荣衰。
此土非吾土,慷慨当告谁。

〔一〕《玉台》作梦还诗。 〔二〕空:《玉台》作塞。
〔三〕缲丝:《外编》作搔首。

① 慊(qiǎn)款:诚挚;恳切。② 绮闱(wéi):华丽的宫室。
③ 缨(yīng)徽:妇女所佩的香囊。

春羁

征人叹道邈,去乡悒①路迩。
佳期每无从,淮阳非尺咫。
春日起游心,劳情出徙倚。

岫远云烟绵，谷屈泉靡迤②。
风起花四散，露浓条猗旎。
暄妍正在兹，摧抑多嗟思。
嘶声名〔一〕边坚，岂我箱中纸。
染翰饷君琴，新声忆解子。

〔一〕名：一作召。

① 愒（kài）：贪。② 靡迤（mí yǐ）：连续不绝。

岁暮悲

霜露迭濡润，草木互荣落。
日夜改运周，今悲复如昨。
昼色苦沉阴，白雪夜回薄。
皎洁冒霜雁，飘扬出风鹤。
天寒多颜苦，妍容逐丹壑。
丝罥①千里心，独宿乏然诺。
岁暮美人还，寒壶与谁酌。

① 罥（juàn）：缠绕；牵绊。

在江陵叹年伤老

五难①未易夷，三命②戒渊抱③。
方瞳④起松髓⑤，赪发⑥疑桂脑。

役生良自休，大患安足保。
开帘窥景夕，备属云物好。
翾翾⑦燕弄风，袅袅柳垂道。
池渎乱蘋萍，园楥⑧美花草。
节如惊灰异，零落就衰老。

① 五难：指有碍养生之道的五种情欲。② 三命：指三种寿命。分别是上寿、中寿、下寿。③ 渊抱：内心深处。④ 方瞳：八百岁老人的方形的瞳孔。⑤ 松髓：借指老人眼中分泌物。⑥ 赪（chēng）发：红色的头发。⑦ 翾翾（xuān）：飞翔的样子。⑧ 楥：篱笆。

夜听妓〔一〕

夜来坐几时，银汉倾露落。
澄沧入闺景，葳蕤①被园藿。
丝管感暮情，哀音绕梁作。
芳盛不可恒，及岁共为乐。
天明坐当散，琴酒驶弦酌。

〔一〕原二首。次首七言四句，未录。

① 葳蕤（wēi ruí）：草木茂盛的样子。

玩月城西门廨中

始出西南楼，纤纤如玉钩。
末映东北墀①，娟娟似娥眉。

娥眉蔽珠栊②,玉钩隔锁窗。

三五二八时,千里与君同。

夜移衡汉③落,徘徊帷户〔一〕中。

归华先委露,别叶早辞风。

客游厌苦辛,仕子倦飘尘。

休浣④自公日,宴慰及私辰〔二〕。

蜀琴抽《白雪》,郢曲发〔三〕《阳春》。

肴干酒未阕,金壶启夕沦。

回轩驻轻盖,留酌待情人。

〔一〕户:《玉台》作幌。　〔二〕《选注》:《方言》曰:"慰,居也。"　〔三〕发:《玉台》作绕。

① 墀(chí):台阶。② 珠栊:珠饰的窗棂。③ 衡汉:北斗和天河。④ 休浣:官吏按例休假。

喜雨〔一〕

营社达群阴,屯云〔二〕掩积阳。

河井起龙蒸,日魄敛游光。

簇云飞泉室,震风沉羽乡。

升雾浃地维,倾润泻天潢。

平洒周海岳,曲潦溢川庄。

惊雷鸣桂渚,回涓流玉堂。

珍木抽翠条,炎卉擢朱芳。

关市欣九赋,京廪开万箱。

无谢尧为君,何用知柏皇。

〔一〕奉敕作。　〔二〕屯云:《艺文》作连宫。

苦雨①

连阴积浇灌，滂沱下霖乱。
沉云日夕昏，骤雨淫朝旦。
蹊泞走兽稀，林寒鸟归晏②。
密雾冥下溪，聚云屯高岸。
野雀无所依，群鸡聚空馆。
川梁日已广，怀人邈渺漫。
徒酌相思酒，空急促明弹③。

① 苦雨：久下不止的雨。② 晏：晚。③ 促明弹（dàn）：时光飞速流逝。明弹，指日、月。

咏白雪

白珪诚自白，不如雪光妍。
工①随物动气，能逐势方圆。
无妨玉颜媚，不夺素缯鲜。
投心②障苦节，隐迹避荣年。
兰焚石既断，何用恃芳坚。

① 工：擅长，善于。② 投心：纵心。

三日

气暄动思心，柳青起春怀。
时艳怜花药①，服净②俛③登台。
提壶野中饮，爱心烟未开。
露色染春草，泉源洁冰苔。
泥泥④濡露条，裊裊承风栽。
凫雏掇苦荠，黄鸟衔樱梅。
解衿⑤欣景预，临流竞覆杯。
美人⑥竟何在，浮心空自摧。

① 花药：芍药花。② 服净：穿上洁净的春服。③ 俛：同"俯"。④ 泥泥：露水浓重的样子。⑤ 衿（jīn）：衣襟。⑥ 美人：君子。

咏秋

秋兰徒晚绿，流风渐不亲。
飘我垂罳幕①，惊此梁上尘。
沉阴安可久，丰景将遂沦。
何由忽灵化，暂见别离人。

① 垂罳（sī）幕：设在屋檐下防鸟雀来筑巢的帷幔。

秋夕

虑涕拥心用,夜默发思机。
幽闺溢凉吹,闲庭满清辉。
紫兰花已歇,青梧叶方稀。
江上凄海戾,汉曲惊朔霏。
发斑悟壮晚,物谢知岁微。
临宵嗟独对,抚赏怨情违。
踌躇空明月,惆怅徒深帷。

秋夜二首

夜久膏既竭,启明旦未央。
环情倦始复,空闺起晨装。
幸承天光转,曲影入幽堂。
徘徊集通隙,宛转烛回梁。
帷风自卷舒,帘露视成行。
岁役急穷晏,生虑备温凉。
丝纫夙染濯,绵绵夜裁张。
冬雪旦夕至,公子乏衣裳。
华心爱零落,非直惜容光。
愿君翦①众志,且共覆前觞。

① 翦:尽,全。

遁迹避纷喧,货农栖寂寞。
荒径驰野鼠,空庭聚山雀。
既远人世欢,还赖泉卉乐。
折柳樊①场圃,贞绠②汲潭壑。
霁旦见云峰,风夜闻海鹤。
江介早寒来,白露先秋落。
麻垄方结叶,瓜田已扫箨。
倾辉忽西下,回景思华幕。
攀萝席中轩,临觞不能酌。
终古自多恨,幽悲共沦铄③。

① 樊:筑篱围绕。② 贞绠(gěng):汲取井水的器具。③ 沦铄:消亡。

和王护军秋夕

散漫秋云远,萧萧霜月寒。
惊飙西北起,孤雁夜往还。
开轩当户牖,取琴试一弹。
停歌不能和,终曲久辛酸。
金气方劲杀,隆阳微且单。
泉涸甘井竭,节徙芳岁残。
生事各多少,谁共知易难,
投章心蕴结,千里途轻纨。
愿托孤老暇,觞思暂开餐。

和王义兴七夕

宵月向掩扉，夜雾方当白。
寒机思孀妇，秋堂泣征客。
匹命无单年，偶影有双夕。
暂交金石心，须臾云雨隔。

冬至

舟迁庄甚笑，水流孔急叹。
景移风度改，日至晷回换。
眇眇负霜鹤，皎皎带云雁。
长河结瓓玕①，层冰如玉岸。
哀哀古老容，惨颜愁岁晏。
催促时节过，逼迫聚离散。
美人还未央，鸣筝谁与弹。

①瓓玕（làn gān）：似玉的美石。这里代指冰。

冬日

严风乱山起，白日欲还次。
曛雾①蔽穷天，夕阴晦寒地。

烟霾有氛氲②，精光无明异。
风急野田空，饥禽稍相弃。
舍生共通闭，怀贤敦为利。
天窥苟平圆，宁得已偏娟。
泻海有归潮，衰容不还稚。
君今且安歌，无念老方至。

① 曛雾：傍晚的浓雾。② 氛氲：云雾朦胧的样子。

望水

刷鬓垂秋日，登高观水长。
千涧无别源，万壑共一广。
流驶巨石转，湍回急沫上。
苕苕岭岸高，照照寒洲爽。
东归难忖测，日逝谁与赏。
临川忆古事，目屡千载想。
河伯自矜大，海若沉渺莽。

望孤石

江南多暖谷，杂树茂寒峰。
朱华抱白雪，阳条熙朔风。

蚌节流绮藻，辉石乱烟虹。
泄云去无极，驰波往不穷。
啸歌清漏毕，徘徊朝景终。
浮生会当几，欢酌每盈衷。

山行见孤桐

桐生丛石里，根孤地寒阴。
上倚崩岸势，下带洞阿深。
奔泉冬激射，雾雨夏霖霪①。
未霜叶已肃，不风条自吟。
昏明积苦思，昼夜叫哀禽。
弃妾望掩泪，逐臣对抚心。
虽以慰单危，悲凉不可任。
幸愿见雕斫，为君堂上琴。

① 霖霪（lín yín）：连绵之雨。

咏双燕二首

双燕戏云崖，羽翰始差池。
出入南闺里，经过北堂陲。
意欲巢君幕，层楹不可窥。

沉吟芳岁晚，徘徊韶景移。
悲歌辞旧爱，衔泪觅新知。

可怜雪中雁，旦去暮来归。
自知羽翅弱，不与鹄争飞。
寄声谢①飞鹄，往事子毛衣。
琐心诚贫薄，叵②吝节荣衰。
阴山饶苦雾，危节多劲威。
岂但避霜雪，当徼野人机。

《文选》尚有《数诗》一首五言。《乐府诗集》尚有《梅花落》一首五七言，《王昭君》一首五言四句，《吴歌》三首五言四句，《采菱歌》七首五言四句，《淮南王》一首长短句，《白纻歌》六首七言七句，《雉朝飞操》一首三言七言，《幽兰》五首五言四句，《北风行》一首长短句，《春日行》一首七言三言，《鸣雁行》一首七言六句，《空城雀》一首四言五言，《行路难》十九首七言长短句，《夜坐吟》一首长短句，《中兴歌》十首五言四句。

① 谢：辞别。② 叵：岂。

谢玄晖五古

一百十八首

隋王鼓吹曲十首[一]

元会曲

二仪①启昌历②,三阳③应庆期④。
珪贽⑤纷成序,鞮译⑥憬来思。
分阶栘组练⑦,充庭罗翠旗。
鶬流白日下,吹溢景云滋。
天仪穆藻殿,万宇寿皇基。

〔一〕齐永明八年,谢朓奉镇西隋王教,于荆州道中作。《钧天》以上三曲颂帝功,《校猎》以上三曲颂藩德。

① 二仪:天地。② 昌历:昌盛的年代。③ 三阳:代指正月。④ 庆期:吉庆之期。⑤ 珪贽:持珪以求见。此处借指朝聘的使节。⑥ 鞮(dī)译:把外族语言译成汉语的译官。⑦ 组练:代指装备精良的军队。

郊祀曲

六宗①禋②配岳,五畤③奠甘泉。
整跸④游九阙,清箫开八埏⑤。
锵锵玉銮动,溶溶金障旋。
郊宫光已属,升柴礼既虔。
福响灵之集,南岳固斯年。

① 六宗:古所尊祀的六种神。② 禋(yīn):虔诚的祭祀。③ 五畤(zhì):祭祀天地或古代帝王的处所名。④ 整跸(bì):指帝王出行时驱散行人,清除道路。⑤ 八埏(yán):代指边际远之地。

钧天曲

高宴颢天台,置酒迎风观。
笙镛①礼百神,钟石动云汉。
瑶堂②琴瑟惊,绮席舞衣散。
威凤③来参差,玄鹤起凌乱。
已庆明庭乐,讵④惭南风弹。

① 笙镛(yōng):古乐器名。② 瑶堂:用美石建筑或装饰的殿堂。这里指华丽的厅堂。③ 威凤:有威仪的凤鸟。这里指瑞鸟。④ 讵:岂。

入朝曲

江南佳丽地,金陵帝王州。
逶迤带绿水,迢递起朱楼。
飞甍夹驰道①,垂杨荫御沟。
凝笳翼高盖,叠鼓送华辀②。
献纳云台表,功名良可收。

① 驰道:供君王行驶车马的道路。② 华辀(zhōu):刻画华彩的车辕。代指车。

出藩曲

云枝紫微内,分组承明阿。
飞艎①溯极浦,旌节②出关河。
渺渺苍山色,沉沉寒水波。
铙③音巴渝曲,箫鼓盛唐歌。
夫君迈惟德,江汉仰清和。

① 飞艎：飞驰的大型渡船。② 旌节：古代使者所持之节。③ 铙：铜制的打击乐器。

校猎曲

凝霜冬十月，杀盛凉飙哀。
原泽①旷千里，腾骑纷往来。
平置望烟合，烈火从风回。
殪兽②华容浦，张乐荆山台。
虞人昔有谕③，明明时戒哉。

① 原泽：平原与湖泊。② 殪（yì）兽：猎杀野兽。③ 有谕：有告诫的言辞。

从戎曲

选旅辞辇轩，弭节①赴河源。
日起霜戈②照，风回连骑翻。
寥戾清笳转，萧条边马烦。
自勉辍耕愿，征役去何言。

① 弭节：驾驭车子。② 霜戈：明亮锋利的戈戟。

送远曲

北梁①辞欢宴，南浦②送佳人。
方衢③控龙马④，平路骋朱轮。
琼筵妙舞绝，桂席⑤羽觞陈。
白云丘陵远，山川时未因。
一为清吹激，潺湲伤别巾。

① 北梁：在北边的桥。此处指送别之地。② 南浦：南面的水边。此处亦指送别之地。③ 方衢（qú）：宽广的大道。④ 龙马：代指骏马。⑤ 桂席：盛宴。

登山曲

天明开秀崿①，澜光媚碧堤。

风荡飘莺乱，云行芳树低。

暮春春服美，游驾凌丹梯。

升峤②既小鲁，登峦且怅齐。

王孙尚游衍③，蕙草正萋萋。

① 秀崿：美丽的山崖。② 升峤：爬上山峰。③ 游衍：恣意游逛。

泛水曲

玉露沾翠叶，金风鸣素枝。

罢游平乐苑，泛鹢①昆明池。

旌旗散容裔②，箫管吹参差。

日晚厌遵③渚，采菱赠清漪。

百年如流水，寸心宁共知。

① 泛鹢（yì）：泛舟。古代画鹢首于船头。② 容裔（yì）：随风飘动的样子。③ 遵：循着。

江上曲

易阳①春草出，踟蹰日已暮。

莲叶尚田田，淇水不可渡。

愿子淹②桂舟，时同千里路。

千里既相许,桂舟复容与③。
江上可采菱,清歌共南楚。

① 易阳:易水的北岸。② 淹:留。③ 容与:随波起伏的样子。

蒲生行

蒲生广湖边,托身洪波侧。
春露惠我泽,秋霜缛我色。
根叶从风浪,常恐不永植。
摄生各有命,岂云智与力。
安得游云上,与尔同羽翼。

咏邯郸才人嫁为厮养卒妇

生平宫阁里,出入侍丹墀。
开笥①方罗縠②,窥镜比蛾眉。
初别意未解,去久日生悲。
憔悴不自识,娇羞余故姿。
梦中忽仿佛,犹言承燕私。

① 笥(sì):盛物的竹器。② 罗縠(hú):一种疏细的丝织品。

鼓吹曲二首同沈右率诸公赋

芳树〔一〕

早玩华池阴，复影〔二〕沧洲①枻②。

椅柅③芳若斯，葳蕤④纷可结。

霜下桂枝销，怨与飞蓬折。

不厕⑤玉盘滋，谁怜终委绝。

〔一〕《乐府解题》曰：古词中有"妒人之子愁杀人""君有他心，乐不可禁"。若齐王融、谢朓之作，但言时暮众芳歇绝而已。
〔二〕影：一作鼓。

① 沧洲：隐士的居处。② 枻（yì）：船桨。③ 椅柅（yǐ nǐ）：木弱的样子。④ 葳蕤（wēi ruí）：草木茂盛的样子。⑤ 厕：混杂在其中。

临高台

千里常思归，登台临绮翼。

才见孤鸟还，未辨连山极。

四面动清风，朝衣起寒色。

谁知倦游者，嗟此故乡忆。

秋竹曲

娟娟①绮窗北，结根未参差。

从风既袅袅，映日颇离离②。

欲求枣下③吹，别有江南枝。

但能凌白雪，贞心荫曲池。

① 嬿娟：美丽的样子，美好的样子。② 离离：盛貌。③ 枣下：古曲名。喻盛衰多变。

曲池水

缓步遵莓渚，披衿待薰风。
芙蕖舞轻带，苞笋出芳丛。
浮云自西北，江海思无穷。
鸟去能传响，见我绿琴中。

铜雀台同谢谘议赋〔一〕

穗帷①飘井干②，樽酒若平生。
郁郁西陵③树，讵闻歌吹声。
芳襟染泪迹，婵娟空复情。
玉座犹寂寞，况乃妾身轻。
〔一〕谘议名璟。《乐府诗集》题曰《铜雀妓》。　○情韵。

① 穗帷：用细疏的布制成的，设于灵柩前的灵帐。② 井干：楼台名。③ 西陵：魏武帝曹操陵寝。

游山

托养因支离,乘间①遂疲蹇②。
语默良未寻,得丧云谁辩。
幸莅山水都,复值清冬缅。
凌岩必千仞,寻壑将万转。
坚崿③既崚嶒④,回流复宛澶⑤。
杳杳云窦深,渊渊石溜浅。
旁眺郁篻箖⑥,还望森楠楩⑦。
荒隩⑧被葴莎,崩壁带苔藓。
鼯狖⑨叫层嵁⑩,鸥凫戏沙衍⑪。
触赏聊自观,即趣咸已展。
经目惜所遇,前路欣方践。
无言蕙草歇,留坦芳可搴。
尚子⑫时未归,邴生⑬思自免。
永志昔所钦,胜迹今能选。
寄言赏心客,得性良为善。

① 乘间:乘着机会。② 疲蹇:衰老的跛脚马。③ 坚崿:坚硬的山崖。崿,山崖。④ 崚嶒(léng céng):山势高耸突兀。⑤ 宛澶:溪水回旋盘曲流动。⑥ 篻箖(piǎo láo):竹子。⑦ 楠楩(nán pián):黄楩木与楠木。⑧ 隩(yù):水边深曲处。⑨ 鼯狖(wú yòu):鼯鼠和长尾猿。⑩ 嵁(kān):悬崖峭壁。⑪ 沙衍(yǎn):沙滩边水浅处。⑫ 尚子:东汉隐士向子平,又作尚子平。其子女娶嫁事毕,遂游览山川,不知所终。见《后汉书·逸民传》。⑬ 邴生:东汉邴原。邴原进退以道,闭门自守,非公事不参与。

游敬亭山

兹山亘百里，合沓与云齐。
隐沦既已托，灵异居然栖。
上干蔽白日，下属带回溪。
交藤荒且蔓，樛枝①耸复低。
独鹤方朝唳，饥鼯此夜啼。
渫云②已漫漫，夕雨亦凄凄。
我行虽纡阻，兼得寻幽蹊。
绿源殊未极，归径窅③如迷。
要欲追奇趣，即此凌丹梯。
皇恩竟已矣，兹理庶无睽。
〇工律。

① 樛（jiū）枝：向下弯曲的树枝。② 渫（xiè）：散。③ 窅（yǎo）：深远。

将游湘水寻句溪

既从陵阳①钓，挂鳞骖②赤螭③。
方寻桂水④源，谒帝苍山垂。
辰哉且未会，乘景弄清漪。
瑟汨⑤泻长淀，潺湲赴两岐。
轻蘋上靡靡，杂石下离离。
寒草分花映，戏鲔⑥乘空移。
兴以暮秋月，清霜落素枝。

鱼鸟余方玩,缨绥⑦君自縻⑧。
及兹畅怀抱,山川长若斯。

①陵阳:即陵阳子明。传说中的仙人。②骖:驾在车前两侧的马。③赤螭(chī):传说中的赤色无角小龙。④桂水:古水名。⑤瑟汩(gǔ):水流声。⑥鲔(wěi):鲟鱼。⑦缨绥:冠带与冠饰。⑧自縻:自己修炼自己的道德。縻,束缚;系住。

游东田[一]

戚戚苦无悰①,携手共行乐。
寻云陟②累榭,随山望菌阁③。
远树暧阡阡,生烟纷漠漠。
鱼戏新荷动,鸟散余花落。
不对芳春酒,还望青山郭。

〔一〕朓有庄在钟山,东游还作。

①悰(cóng):欢乐;乐趣。②陟(zhì):攀登。③菌阁:形状如菌的楼阁。

答王世子

飞雪天上来,飘聚绳棂①外。
苍云暗九重,北风吹万籁。

有酒招亲朋,思与清颜会。
熊席②惟尔安,羔裘③岂吾带。
公子不垂堂④,谁肯怜萧艾。

① 绳枢:结绳为窗枢。② 熊席:熊皮制成的坐席。③ 羔裘:用紫羔制的皮衣。④ 垂堂:靠近堂屋檐下。多用以喻危险的境地。

答张齐兴

荆山嵷①百里,汉广流无极。
北驰星斗正,南望朝云色。
川隰②同幽快,冠冕异今昔。
子肃两岐功③,我滞三冬职。
谁知京洛念,仿佛昆山侧。
向夕登城壕,潜地隐复直。
地迥闻遥蝉,天长望归翼。
清文④忽景丽,思泉⑤纷宝饰。
勿言修路阻,勉子康衢力。
曾崖⑥寂且寥,归轸⑦逝言陟。

① 嵷:形容山峰起伏连绵。② 隰(xí):低湿之地。③ 两岐功:多称颂地方官吏改善农业有方,使民乐年丰。④ 清文:清丽的诗文。⑤ 思泉:文思如泉涌。⑥ 曾崖:高崖。⑦ 轸:此指车。

暂使下都夜发新林至京邑赠西府同僚〔一〕

大江流日夜,客心悲未央。
徒念关山近,终知返路长。
秋河曙耿耿①,寒渚夜苍苍。
引领见京室,宫雉正相望。
金波丽鳷鹊②,玉绳低建章。
驱车鼎门外,思见昭丘阳〔二〕。
驰晖不可接,何况隔两乡。
风云有鸟路,江汉限无梁。
常恐鹰隼击,时菊委严霜。
寄言罻罗③者,寥廓已高翔。

〔一〕萧子显《齐书》曰:谢朓为隋王子隆文学。子隆在荆州,好辞赋,数集僚友,朓以才文尤被赏爱。长史王秀之以朓年少相动,密以启闻,世祖敕朓可还都。朓道中为诗,以寄西府。
〔二〕成王定鼎于郏鄏,其南门名定鼎门。此借用以指建康之南门。昭丘指荆州。　○情韵。

①耿耿:明亮的样子。②鳷鹊:汉武帝所造的甘泉宫鳷鹊观。③罻(wèi)罗:捕鸟的网。

酬晋安王德元〔一〕

梢梢①枝早劲,涂涂②露晚晞。
南中荣橘柚,宁知鸿雁飞。
拂雾朝青阁,日旰③坐彤闱④。

怅望一途阻,参差百虑依。
春草秋更绿,公子未西归。
谁能久京洛,缁尘⑤染素衣。

〔一〕晋安郡,太康三年置,即今之泉州也。

① 梢梢:风声。② 涂涂:浓厚的样子。③ 日旰:日暮。
④ 彤闱(tóng wéi):涂朱漆的宫门。⑤ 缁尘:黑色的灰尘。
此处指代世俗的污垢。

郡内高斋闲望答吕法曹〔一〕

结构①何迢递,旷望极高深。
窗中列远岫②,庭际俯乔林。
日出众鸟散,山暝孤猿吟。
已有池上酌,复此风中琴。
非君美无度,孰为劳寸心。
惠而能好我,问以瑶华音③。
若遗金门步④,见就玉山岑〔二〕。

〔一〕郡,宣城郡也。吕僧珍为齐三法曹。　〔二〕若字有倘能之意。○工律。

① 结构:屋舍。② 远岫(xiù):远处的山峦。③ 瑶华音:书信的美称,此指赠诗。④ 金门步:比喻担任官职。

在郡卧病呈沈尚书

淮阳股肱守,高卧犹在兹。
况复南山曲,何异幽栖时。
连阴盛农节,簦笠①聚东菑②。
高阁常昼掩,荒阶少诤辞。
珍簟清夏室,轻扇动凉飔。
嘉鲂聊可荐,绿蚁③方独持。
夏李沉朱实,秋藕折轻丝。
良辰竟何许,夙昔梦佳期。
坐啸徒可积,为邦岁已期。
弦歌终莫取,抚枕令自嗤。
○工律。

①簦(tái)笠:蓑衣和笠帽。②东菑(zī):代指田园。③绿蚁:酒。

别王丞僧孺[一]

首夏犹清和,余春满郊甸。
花树杂为锦,月池皎如练①。
如何当此时,别离言与宴。
留杂已郁纡,行舟亦遥衍②。
非君不见思,所悲思不见。
〔一〕《古文苑》作王融。　○工律。

①练:白绢。②遥衍(yǎn):向远处漂流。

同羁夜集

积念隔炎凉,骧言始今夕。
已对浊尊酒,复此故乡客。
霜月始流砌,寒蜩早吟隙。
幸藉①京华游,边城宴良席。
樵采咸共同,荆莎聊可藉。
恐君城阙人,安能久松柏。

① 藉(jiè):因。

新亭渚别范零陵云

洞庭张乐地,潇湘帝子游。
云去苍梧野,水还江汉流〔一〕。
停骖我怅望,辍棹子夷犹。
广平听方籍,茂陵将见求〔二〕。
心事俱已矣,江上徒离忧。

〔一〕洞庭、潇湘,皆范赴零陵经过之道,苍梧则更在零陵之南,故曰云去。零陵之水,必须由江汉、金陵以东入于海,故曰水还。 〔二〕言范同广平,而声听方向籍,已当居茂陵之下,将于彼而见求。王隐《晋书》曰:郑袤字林叔,为中郎散骑常侍。会广平太守缺,宣帝谓袤曰:"贤叔大匠浑垂,称于平阳,魏郡蒙化。且卢子家、王子邕继踵此郡,欲使世不乏贤,故复相屈。"在郡,先以德化,善为条教,百姓爱之。郑玄《毛诗笺》曰:方,向也。《汉书》曰:司马相如既病免,家居茂陵。 ○情韵。

忝役湘州与宣城吏民别

弱龄倦簪履①，薄晚②忝华奥③。
闲沃尽地区，山泉谐所好。
幸遇昌化穆，淳俗罕惊暴④。
四时从偃息⑤，三省无侵冒。
下车遽暄席〔一〕⑥，纡服始黔灶⑦。
荣辱未遑敷，德礼何由导。
汩徂奉南岳，兼秩典邦号。
疲马方云驱，铅刀安可操。
遗惠良寂寞，恩灵亦匪报。
桂水日悠悠，结言幸相劳。
吐纳贻尔和，穷通勖⑧所蹈。

〔一〕暄席，即暖席也。后世所讥虮户、铣溪，亦此类耳。

① 簪履：簪笄和鞋子。此处代指出仕做官。② 薄晚：向晚。③ 华奥：显要的职位。④ 惊暴：动荡和纷争。⑤ 偃息：睡卧止息。⑥ 暄（xuān）席：暖席。⑦ 黔（qián）灶：因烧火煮饭而熏黑了的烟囱。⑧ 勖（xù）：勉励。

怀故人

芳洲有杜若，可以赠佳期。
望望忽超远，何由见所思。
行行未千里，山川已间之。
离居方岁月，故人不在兹。

清风动帘夜，孤月照窗时。
安得同携手，酌酒赋新诗。

始之宣城郡

下帷①阙章句，高谈愧名理。
疏散谢公卿，萧条依掾史②。
簪发逢嘉会，教义承君子。
心迹苦未并，忧欢将十祀。
幸沾云雨庆，方辔③参多士。
振鹭④徒追飞，群龙难隶齿⑤。
烹鲜⑥止贪竞，共治属廉耻。
伊余昧损益，何用祗千里。
解剑北宫朝，息驾南川涘。
宁希广平咏，聊慕华阴市。
弃置宛洛游，多谢金门里。
招招漾轻楫，行行趋岩趾。
江海虽未从，山林于此始。

① 下帷：代指闭门苦读。② 掾（yuàn）史：官名。汉以后中央及各州县皆置掾史，由长官自行辟举，分曹治事。③ 方辔（pèi）：并辔；并驾。④ 振鹭：白鹭成行展开白羽飞行。后多用以比喻朝廷中操行纯洁的贤人。⑤ 隶齿：司列。⑥ 烹鲜：烹鱼。比喻理政。《老子》："治大国若烹小鲜。"

之宣城郡出新林浦向板桥

江路西南永①,归流东北骛。
天际识归舟,云中辨江树。
旅思倦摇摇,孤游昔已屡。
既欢怀禄情,复协沧洲趣。
嚣尘自兹隔,赏心于此遇。
虽无玄豹②姿,终隐南山雾。
〇情韵。

① 永:长。② 玄豹:黑豹。因其皮毛贵重,后多用以比喻怀才之人。

休沐重还丹阳道中

薄游①第从告,思闲愿罢归。
还邛②歌赋似,休汝车骑非。
灞池③不可别,伊川难重违。
汀葭稍靡靡,江菼④复依依。
田鹄远相叫,沙鸨忽争飞。
云端楚山见,林表吴岫⑤微。
试与征徒望,乡泪尽沾衣。
赖此盈樽酒,含景望芳菲。
问我劳何事,沾沐仰清徽⑥。
志狭轻轩冕,恩甚恋闱闱。
岁华春有酒,初服偃郊扉。

① 薄游：即蒲宦，卑微的官职。② 还邛（qióng）：代指司马相如归居临邛之事。③ 灞（bà）池：池名。因在汉文帝陵墓灞陵上，故有此名。④ 江蒸：江荻。⑤ 吴岫：吴地的山。⑥ 清徽：高尚的节操。

京路夜发

扰扰整夜装，肃肃①戒徂两②。
晓星正寥落，晨光复漾瀁③。
犹沾余露团，稍见朝霞上。
故乡邈已夐④，山川修且广。
文奏方盈前，怀人去心赏。
敕躬每跼蹐⑤，瞻恩惟震荡。
行矣倦路长，无由税归鞅⑥。

① 肃肃：匆忙的样子。② 徂（cú）两：行进的车辆。③ 漾瀁：广远的样子。④ 夐（xiòng）：远。⑤ 跼蹐（jú jí）：局促不安的样子。⑥ 归鞅（yāng）：驱车返归。

晚登三山还望京邑

灞涘①望长安，河阳视京县〔一〕。
白日丽飞甍，参差皆可见。
余霞散成绮，澄江静如练。
喧鸟覆春洲，杂英满芳甸。

去矣方滞淫②,怀哉罢欢宴。
佳期怅何许,泪下如流霰。
有情知望乡,谁能鬒③不变。

〔一〕以灞陵、河阳比三山,以长安、洛阳比石头城。〇情韵。

① 灞涘:灞河的水边。② 滞淫:长久停留。③ 鬒(zhěn):黑发。

始出尚书省〔一〕

惟昔逢休明①,十载朝云陛②。
既通金闺③籍,复酌琼筵醴。
宸景④厌昭临,昏风沦继体。
纷虹⑤乱朝日,浊河秽清济。
防口犹宽政,餐荼更如荠。
英衮⑥畅人谋,文明固天启。
青精翼紫轪⑦,黄旗映朱邸。
还睹司隶章,复见东都礼。
中区咸已泰,轻生谅昭洒〔二〕。
趋事辞宫阙,载笔陪旌棨⑧。
邑里向疏芜,寒流自清泚。
衰柳尚沉沉,凝露方泥泥。
零落悲友朋,欢娱燕兄弟。
既秉丹石心,宁流素丝涕。
因此得萧散,垂竿深涧底。

〔一〕朓兼尚书殿中郎。高宗辅政，以朓为咨议领记室，故出尚书省也。　〔二〕洒：音洗。　○逢休明，谓齐武帝时也。"宸景"句，谓武帝崩也。"继体"句，指郁林王昭业也。"英衮"二句，谓明帝废郁林王、海陵王，而即位也。明帝即高宗也。轻生似朓自称之辞，犹自称微生、小生也。辞宫阙，出尚书省也。陪旌棨，为咨议领记室也。

① 休明：美好清明。② 云陛：巍峨的宫殿。③ 金闺：即金马门。此处代指朝廷。④ 宸景：借指帝王。⑤ 纷虹：借指阴邪不正之气。⑥ 英衮（gǔn）：英明的朝廷大臣。⑦ 紫轪（dài）：帝王所乘之车。⑧ 旌棨（jīng qǐ）：旌旗与油漆的木戟。旌，泛指旗帜。棨，用木制成，形状像戟，是古代官吏出行时用作前导的一种仪仗。

直中书省

紫殿①肃阴阴，彤庭②赫弘敞。
风动万年枝，日华承露掌③。
玲珑结绮钱④，深沉映朱网⑤。
红药当阶翻，苍苔依砌上。
兹言翔凤池，鸣珮多清响。
信美非吾室，中园思偃仰⑥。
朋情以郁陶，春物方骀荡。
安得凌风翰，聊恣山泉赏。
○工律。

① 紫殿：汉武帝之宫殿。② 彤庭：汉代宫廷。③ 承露掌：汉武帝于建章宫筑神明台，立铜仙人舒掌捧铜盘承接甘露。④ 绮钱：

刻镂有钱形图案的窗户。⑤ 朱网：如网络的红色帘幕。⑥ 偃仰：俯仰。常比喻随世俗沉浮。

观朝雨

朔风吹飞雨，萧条江上来。
既洒百常观①，复集九成台②。
空濛如薄雾，散漫似轻埃。
平明振衣坐，重门犹未开。
耳目暂无扰，怀古信悠哉。
戢翼③希骧首，乘流畏曝鳃④。
动息无兼遂，歧路多徘徊。
方同战胜者，去剪北山莱。
○识度。

① 百常观：台观名。② 九成台：台名。在相传舜南巡奏乐于此。③ 戢（jí）翼：收敛翅膀停止飞翔。④ 曝鳃（pù sāi）：比喻挫折、困顿。

宣城郡内登望

借问下车日，匪直望舒①圆。
寒城一以眺，平楚②正苍然。
山积陵阳阻，溪流春谷泉。
威纡③距遥甸，巉岩④带远天。

切切阴风暮,桑柘⑤起寒烟。
怅望心已极,惝悦魂屡迁。
结发倦为旅,平生早事边。
谁规⑥鼎食盛,宁要狐白⑦鲜。
方弃汝南诺,言税辽东田。

○识度。《续汉书》曰:汝南太守南阳宗资任用范滂。时人谣曰:"汝南太守范孟博,南阳宗资主画诺。"《魏志》曰:管宁闻公孙度令行海外,遂至辽东。皇甫谧《高士传》曰:人或牛暴宁田者,宁为牵牛饲之,其人大惭。

① 望舒:为月驾车之神,借指月亮。② 平楚:平野。③ 逶纡:绵延曲折的样子。④ 巉(chán)岩:高峻的岩石。⑤ 桑柘(zhè):桑木与柘木。⑥ 规:谋划,谋求。⑦ 狐白:狐白裘,集狐狸腋下白毛皮所制裘。借指富贵。

冬日晚郡事隙

案牍时闲暇,偶坐观卉木。
飒飒满池荷,脩脩①荫窗竹。
檐隙②自周流,房栊③闲且肃。
苍翠望寒山,峥嵘④瞰平陆。
已惕暮归心,复伤千里目。
风霜旦夕甚,蕙草无芬馥。
云谁美笙簧,孰是厌蒭豢⑤。
愿言税逸驾,临潭饵秋菊。

① 脩脩(xiāo):风吹竹叶的声音。② 檐隙:檐下。③ 房栊

（lóng）：窗户。④ 峥嵘（zhēng róng）：高峻突兀的样子。⑤ 薖（kē）轴：隐逸生活。

高斋视事

余雪映青山，寒雾开白日。
暖暖江村见，离离①海树出。
披衣就清盥，凭轩方秉笔。
列俎归单味，连驾止容膝。
空为大国忧，纷诡谅非一。
安得扫荒径，锁吾愁与疾。

① 离离：隐约的样子。

冬绪羁怀示萧谘议虞田曹刘江二常侍

去国怀丘园，入远滞城阙。
寒灯耿宵梦，清镜悲晓发。
风草不留霜，冰池共如月。
寂寞此闲帷，琴尊任所对。
客念坐婵媛，年华稍菴薆①。
夙慕云泽游，共奉荆台②绩。
一听春莺喧，再视秋鸿没。

疲骖良易返,恩波不可越。
谁慕临淄鼎,常希茂陵渴。
依隐幸自从,求心果芜昧③。
方轸归与愿,故山芝未歇。

① 菴薆(ān ài):茂盛的样子。② 荆台:古楚国的有名的高台。
③ 芜昧(mèi):杂乱不清。

落日怅望

昧旦①多纷喧,日宴未遑舍。
落日余清阴,高枕东窗下。
寒槐渐如束,秋菊行当把。
借问此何时,凉风怀朔马。
已伤归暮客,复思离居者。
情嗜幸非多,案牍偏为寡。
既乏琅琊政,方憩洛阳社②。

① 昧旦:黎明;破晓。② 洛阳社:代指退隐者所居的处所。

赛敬亭山庙喜雨

夕怅怀椒糈①,蠲②景洁骍牲③。
登秋虽未献,望岁伫年祥。

潭渊深可厉，狭邪④车未方。

朦胧度绝限，出没见林堂。

秉玉朝群帝，樽桂⑤迎东皇。

排云接虬盖⑥，蔽日下霓裳。

会舞纷瑶席，安歌绕凤梁。

百味芬绮帐，四座沾羽觞。

福被延民泽，乐极思故乡。

登山骋归望，原雨晦茫茫。

胡宁昧千里，解珮⑦拂山庄。

① 椒糈（jiāo xǔ）：用椒香拌精米制成的祭神的食物。② 蠲（juān）：明朗。③ 膋芗（liáo xiāng）：油脂与香草。古代祀神时焚之以散发馨香。④ 狭邪：小街；曲巷。⑤ 樽（zūn）桂：杯中桂花酒。此处引申为捧着桂花酒。⑥ 虬盖：饰有龙形花纹的车盖。⑦ 解珮：脱下佩饰。代指辞官归隐。

赋贫民田

假遇〔一〕①非将迎，靖共〔二〕②延殊庆。

中岁历三台③，旬月典邦政。

曾是共治情，敢忘恤贫病。

将无富教礼，孰有知方性。

敦本④抑工商，均业⑤省兼并。

察壤见泉脉，觇星视农正。

黍稷缘高殖，稻〔三〕秫⑥即卑盛。

旧埒新塍⑦分，青苗白水映。

遥树匝清阴，连山周远净。
即此风云佳，孤觞聊可命。
既微三载道，庶藉两歧咏。
俾尔仓廪⑧实，余从谷口郑。

〔一〕假遇：一作佳誉。　　〔二〕靖共：一作静拱。
〔三〕穧：一作秔。

① 假遇：美好的际遇。② 靖共：宁静肃穆；恭敬谨慎。③ 三台：汉因袭秦制，以尚书为中台，御史为宪台，谒者为外台。④ 敦本：注重农事。⑤ 均业：平均产业。⑥ 穧稌（zhuō tú）：麦子和稻子。⑦ 塍（chéng）：埂。⑧ 仓廪（lǐn）：贮藏米谷的仓库。

移病还园示亲属

疲策①倦人世，敛性就幽蓬。
停琴伫凉月，灭烛听归鸿。
凉薰乘暮晰，秋华临夜空。
叶低知露密，岩断识云重。
折荷葺②寒袂，开镜眄③衰容。
海暮腾清气，河关秘栖冲④。
烟衡时未歇，芝兰⑤去相从。
〇工律。

① 疲策：疲于俗世的奔波。② 葺（qì）：修补。③ 眄：视；看。④ 栖冲：安于淡泊。⑤ 芝兰：香草名。

治宅

结宇①夕阴街,荒幽横九曲。
迢递南川阳,迤逦②西山足。
辟馆临秋风,敞窗望寒旭。
风碎池中荷,霜剪江南菉③。
既无东都金,且税东皋④粟。

①结宇:建造房屋。②迤逦(yǐ lǐ):曲折连绵。③菉(lù):荩草。④东皋:指归隐后的耕地。

秋夜讲解

四缘①去谁肇,七识②习未央。
沉沉倒营魄,苦荫蹙愁肠。
琴瑟徒烂漫,姱容③空满堂。
春颜遽几日,秋垄终茫茫。
孰云济沉溺,假愿托津梁。
惠唱摛泉涌,妙演④发金相。
空有定无执,宾实固相忘。
自来乘首夏,及此申暮霜。
云物清晨景,衣巾引夕凉。
风振蕉苁裂,霜下梧楸⑤伤〔一〕。
六龙且无借,三相宁久长。
何时接灵应,及子同舟航。

〔一〕一作露下梧桐伤。

① 四缘：佛教语。即因缘、等无间缘、所缘缘、增上缘。② 七识：佛教语。法相宗谓从根本识中派生的七种精神和感觉现象，即眼、耳、鼻、舌、身、意、末那。③ 姱（kuā）容：美丽的容颜。④ 妙演：精妙的阐述。⑤ 梧楸（qiū）：梧桐与楸树。

春思

茹溪①发春水，阤山②起朝日。
兰色望已同，萍际转如一。
巢燕声上下，黄鸟弄俦匹。
边郊阻游衍，故人盈契阔。
梦寐借假簧，思归赖倚瑟。
幽念渐郁陶，山楹永为室。

① 茹溪：战国楚水名。② 阤山：楚山名。

秋夜

秋夜促织鸣，南邻捣衣急。
思君隔九重，夜夜空伫立。
北窗轻幔垂，西户月光入。
何知白露下，坐视阶前湿。
谁能长分居，秋尽冬复及。

和何议曹郊游二首

春心澹①容与②,挟戈步中林。
朝光映红萼,微风吹好音。
江垂〔一〕得清赏,山际果幽寻。
未尝远离别,知此悢归心。
流沵终靡已,嗟行方至今。

〔一〕江垂,犹云江边。

① 澹:摇动、触动。② 容与:随水波起伏动荡的样子。

江皋①倦游客,薄暮怀归者。
扬舲②浮大川,怅望至日下。
霍靡③青莎被,潺湲石流泻。
寄语持笙簧,舒忧愿无假。
归途岂难涉,翻同江上夏。

① 江皋(gāo):江岸。② 扬舲:扬帆。③ 霍(huò)靡:草木茂密的样子。

和刘西曹望海台

沧波不可望,望极①与天平。
往往②孤山映,处处春云生。
差池远雁没,飒沓③群凫惊。

嚣尘及簿领④,弃舍出重城。
临川徒可羡,结网庶时营。

①望极:眺望海水尽头。②往往:时时。③飒沓:纷繁盘旋的样子。④簿领:官府记事的簿册或文书。

和宋记室省中

落日飞鸟远,忧来不可及。
竹树澄远阴,云霞成异色。
怀归欲乘电,瞻言①思解翼。
清扬婉禁居②,秘此文墨职。
无叹阻琴尊,相从伊水侧。

①瞻言:远望、远见。②禁居:帝王居住的地方。

和王著作融八公山

二别①阻汉坻,双崤②望河澳。
兹岭复巉岏③,分区奠淮服。
东限琅邪台,西距孟诸④陆。
阡眠⑤起杂树,檀栾⑥荫修竹。
日隐涧疑空,云聚岫如复。

出没眺栖雉,远近送春目。
戎州昔乱华,素景沦伊谷⁷。
阽危⁸赖宗衮⁹,微管寄明牧。
长蛇固能剪,奔鲸自此曝。
道峻芳尘流,业遥年运倏。
平生仰令图,吁嗟命不淑。
浩荡别亲知,连翩戒征轴。
再远馆娃宫⑩,两去河阳谷。
风烟四时犯,霜雨朝夜沐。
春秀良已凋,秋场庶能筑。

○工律。《周礼》曰:正东曰青州,其薮曰孟诸。亦在八公山之东,而云西者,避上文耳。素景,晋也。伊谷,洛阳也。沦者,谓怀愍陷于贼庭。宗衮,指谢安。明牧,指谢玄。"春秀"句,谓年华已逝。"秋场"句,谓终当归田。

① 二别:大别山与小别山。② 双崤(xiáo):东崤山与西崤山。③ 巑岏(cuán wán):山峰高峻、耸立。④ 孟诸(zhū):古大泽名。⑤ 阡眠:草木茂密的样子。⑥ 檀栾(tán luán):秀美的样子。多用以形容竹子。⑦ 伊谷:伊水与谷水的并称。⑧ 阽(diàn)危:面临危险。⑨ 宗衮(gǔn):对同族中居高位的人的称呼。⑩ 馆娃宫:吴王夫差为西施建造的宫殿。

和伏武昌登孙权故城〔一〕

炎灵①遗剑玺②,当途骇龙战。
圣期③缺中壤,霸功兴寓县。
鹊起登吴山,凤翔凌楚甸。

衿带④穷岩险，帷帘⑤尽谋选。
北拒溺骖镳〔二〕，西禽收组练〔三〕。
江海既无波，俯仰流英眄。
裘冕类禋郊⑥，卜揆崇离殿〔四〕。
钓台临讲阅，樊山开广宴。
文物共葳蕤，声明且葱茜。
三光厌分景，书轨欲同荐。
参差世祀忽，寂寞市朝变。
舞馆识余基，歌梁想遗啭。
故林衰木平，荒池秋草遍。
雄图怅若兹，茂宰深遐睠〔五〕。
幽客滞江皋〔六〕，从赏乖缨弁⑦。
清卮阻献酬，良书限闻见。
幸藉芳音多，承风采余绚。
于役倘有期⑧，鄂渚同游衍。

〔一〕伏曼容为武昌太守。　〔二〕谓周瑜破曹操于赤壁。〔三〕谓陆逊破刘备于西陵。　〔四〕卜揆：用诗"卜云其吉，揆之以日"，指吴相宅于武昌也。　〔五〕指伏曼容。　〔六〕朓自谓也。　○工律。

① 炎灵：代指汉朝。汉代为火德。② 剑玺：指刘邦的斩蛇剑和传国玺。后借用以象征统治权。③ 圣期：圣人出世的时期。④ 衿带：山川屏障环绕，如襟似带。⑤ 帷帘：指室内各种帷幔。此处借指宫闱。⑥ 禋郊（yīn jiāo）：在郊外祭祀天神。⑦ 缨弁（yīng biàn）：代指仕宦。⑧ "于役"句：指公务之劳，如果有结束的日子。《诗经·君子于役》："君子于役，不知其期。"

夏始和刘屠陵

威仰弛苍郊，龙曜①表皇隰②。
春色卷遥甸③，炎光丽近邑。
白蘋望已骋，细荷纷可袭。
徒愿尺波旋，终怜寸景戢④。
对窗斜日过，洞幌鲜飙入。
浮云去欲穷，暮鸟飞相及。
柔翰缜芳尘，清源非易挹。
回江难绝济，云谁畅伫立。
良宰⑤勖⑥夜渔，出入事朝汲⑦。
积羽余既裳，更赋子盈粒。
椅梧何必零，归来共栖集。

①龙曜（yào）：代指日光。②皇隰（xí）：广漠的田野。③遥甸：远郊。④戢：收敛。⑤良宰：优秀的膳夫。后亦代指贤能的官员。⑥勖（xù）：勉励。⑦朝汲：早上起来取水。

新治北窗和何从事

国小暇日多，民淳纷务屏。
辟牖期清旷，开帘候风景。
泱泱①日照溪，团团云去岭。
岩峣②兰榛峻，骈阗③石路整。
池北树如浮，竹外山犹影。

自来弥弦望,及君临箕颍④。
清文蔚且咏,微言超已领。
不见城濠侧,思君朝夕顷。
回舟方在辰,何以慰延颈。

① 泱泱:宏大的样子。② 岧峣(tiáo yáo):山势高峻的样子。③ 骈阗(pián tián):聚集。④ 箕颍(jī yǐng):箕山和颍水的并称。隐者居所。

和王主簿季哲怨情

掖庭①聘绝国②,长门失欢宴。
相逢咏蘼芜③,辞宠悲团扇。
花丛乱数蝶,风帘入双燕。
徒使春带赊④,坐惜红妆变。
生平一顾重⑤,宿昔千金贱。
故人心尚尔,故人心不见⑥。

① 掖庭(yè):宫中妃嫔、宫女居住的地方。② 绝国:极其辽远的邦国。③ 蘼芜(mí wú):此处指汉代乐府诗中写弃妇的《上山采蘼芜》一诗。④ 赊:松缓。⑤ 一顾重:指一顾千金重。顾,回头看。一顾,宠爱。⑥ 心不见:指宠爱之心不见,仅留怨情。

和徐都曹出新亭渚〔一〕

宛洛①佳遨游，春色满皇州。
结轸②清郊路，回瞰苍江流。
日华川上动，风光草际浮。
桃李成蹊径，桑榆荫道周。
东都已俶载③，言归望绿畴。

〔一〕徐名勉。　　○工律。

① 宛（yuān）洛：南阳和洛阳，东汉两大名都。② 结轸（zhěn）：停车。③ 俶载（chù zǎi）：开始从事某种工作。

和刘中书〔一〕

昔余侍君子，历此游荆汉。
山川隔旧赏，朋僚多雨散。
图南矫风翮，曾非息短翰。
移疾觌①新篇，披衣起渊玩。
惆怅怀昔践，仿佛得殊观。
赪紫共彬驳②，云锦相凌乱。
奔星上未穷，惊雷下将半。
回潮渍崩树，轮囷轧倾岸。
岩筱③或傍翻，石箘无修干。
澄澄明浦媚，衍衍④清风烂。
江潭良在目，怀贤兴累叹。

岁暮不我期,淹留绝岩畔。

〔一〕刘名绘,有《入琵琶峡望积布矶》诗。

① 觏(gòu):遇见,看见。② 彬驳(bó):色彩相杂的样子。③ 岩筱:岩石上的小竹子。④ 衍衍:徐徐的样子。

赠王主簿二首

日落窗中坐,红妆好颜色。
舞衣襞①未缝,流黄②覆不织。
蜻蛉③草际飞,游蜂花上食。
一遇长相思,愿寄连翩翼。

① 襞(bì):衣裙上的褶皱。② 流黄:特指绢。③ 蜻蛉(qīng líng):蜻蜓的别称。

清吹要碧玉①,调弦命绿珠②。
轻歌急绮带,含笑解罗襦③。
余曲讵几许,高驾且踟蹰。
徘徊韶景暮〔一〕,惟有洛城隅。

〔一〕韶景暮:一作怜暮景。

① 碧玉:人名,东晋汝南王司马义姬妾,善歌舞。② 绿珠:人名,西晋石崇宠妾,美而艳,善歌舞吹笛,见《晋书·石崇传》。③ 罗襦(rú):绸制短衣。

和萧中庶直石头 [一]

九河①亘积岨,三嵏②郁旁眺。
皇州总地德,回江款岩徼③。
井干飚苍林,云甍蔽层峤。
川霞旦上薄,山光晚余照。
翔集乱归燕,虹蜺纷引曜。
君子奉神略,瞰迥凭重峭。
弹冠④已藉甚,升车益英妙。
功存汉册书,荣并周庭燎。
汲疾移偃息,董园倚谈笑。
麾旆⑤一悠悠,谦姿光且劭⑥。
宴嘉多暇日,兴文起渊调。
曰余厕鳞羽,灭景从渔钓。
泽渥资投分,逢迎典待诏。
咏沼邈含毫,专城空坐啸。
徒惭皇览揆,终延曲士诮。
方追隐沦诀,偶解金丹要。
若偶巫咸招,帝阍⑦良可叫。

〔一〕萧衍,梁武帝也。

① 九河:古代黄河下游众多支流的总称。② 三嵏(zōng):即三嵏山。相传后羿曾在此射九乌。③ 岩徼(jiǎo):山崖边。④ 弹冠:弹去冠上的灰尘。代指准备做官。⑤ 麾旆(huī pèi):代指军队。⑥ 劭(shào):高尚;美好。⑦ 帝阍(dì hūn):掌管天门的人。

奉和竟陵王同沈右率过刘先生墓〔一〕

嘉树因枝条，琢玉良可宝。
若人陵曲台，垂帷茂渊道。
善诱宗学原，鸣钟霁幽抱。
仁风徂宛洛，清徽夜何早。
岁晚结松阴，平原乱秋草。
不有至言扬，终滞西山①老。

〔一〕竟陵王，萧子良也。刘先生，刘瓛也。

① 西山：即首阳山。伯夷、叔齐隐居处。

和王长史卧病〔一〕

崥岬①款崇崖②，派别朝洪河。
兔园③文雅盛，章台④冠盖多。
渊襟眷睿岳，爕赞⑤动甿歌⑥。
顾影惭骓服⑦，载笔旅江沱。
缟衣分可献，琴言暧已和。
青皋向还色，春润视生波。
岩垂变好鸟〔二〕，松上改陈萝。
日与岁眇邈，归恨积〔三〕蹉跎。
愿缉吴山杜，宁袂楚池荷。
清风岂孤劭，功遂怀曾阿。
勿药良有畅，荏苒芳未过。

幸留清樽味，言藉故田莎。

〔一〕王名秀之。　〔二〕垂，犹际也。　〔三〕积：一作稍。

① 崥岫（bǐ xiù）：低平的山。② 崇崖：高峻的山。③ 兔园：即梁园。为汉梁孝王刘武所筑，为游赏与延宾之所。④ 章台：即章台街。章台街为汉代长安街名，多妓馆。⑤ 燮赞（xiè）：协调；赞助。⑥ 甿歌（méng）：民间歌谣。⑦ 騑（fēi）服：騑马和服马的并称。后泛指驾车的马。

和江丞北戍琅邪城〔一〕

春城丽白日，阿阁①跨层楼。
苍江忽渺渺，驱马复悠悠。
京洛②多尘雾，淮济未安流。
岂不思抚剑，惜哉无轻舟。
夫君良自勉，岁暮勿淹留。
〔一〕江丞名孝嗣。

① 阿阁：四面都有檐溜的楼阁。② 京洛：京城洛阳，指国都。

和沈祭酒行园〔一〕

清淮左长薄，荒径隐高蓬。
回潮旦夕上，寒渠左右通。

霜畦纷绮错,秋町郁蒙茸①。
环梨悬已紫,珠榴折且红。
君有栖心地,伊我欢既同。
何用甘泉侧,玉树望青葱。
〔一〕沈约。

① 蒙茸(róng):杂乱的样子。

奉和隋王殿下十六首〔一〕

玄冬寂修夜,天围静且开。
亭皋①霜气怆,松宇清风来。
高琴时以思,幽人多感怀。
幸藉汾阳想,岭首正徘徊。
〔一〕隋郡王萧子隆。

① 亭皋(gāo):水边的平地。

高秋夜方静,神居肃且深。
闲阶涂广路,凉宇澄月阴。
婵娟影池竹,疏芜散风林。
渊情协爽节,咏言兴德音。
暗道空已积,干直愧蓬心。

怆怆绪风兴,祁祁族云布。
严气集高轩,稠阴结寒树。

日月谬论思,朝夕承清豫。
徒藉小山文,空揖章台赋。

星回①夜未艾②,洞房凝远情。
云阴满池榭,中月悬高城。
乔木含风雾,行雁飞且鸣。
平台盛文雅,西园富群英。
芳庆良永矣,君王嗣③德声。
眷此伊洛咏,载怀汾水情。
顾己非丽则,恭惠奉仁明。
观淄咏已失,怃然愧簪缨。

① 星回:星宿运行回复原位。指一年已过去。② 未艾:未尽;未止。③ 嗣:接续。

肃景游清都,修簪①侍兰室。
异榭疏远风,广庭丽朝日。
穆穆②神仪静,愔愔③道言密。
一餐系灵表,无吝科年历。

① 修簪:整理仪容。② 穆穆:庄敬的样子。③ 愔愔(yīn):安和的样子。

神心①遗魏阙,中想顾汾阳。
肃景怀辰豫,捐玦②剪山杨。
时惟清夏始,云景暧含芳。
月阴洞③野色,日华丽池光。
草合亭皋远,霞生川路长。

端坐闻鹤引，静瑟④怆复伤。
怀哉泉石思，歌咏郁琼相。
春塘多迭驾，言从伊与商。
衮职⑤眷英览，独善伊何忘。
愿辍东都远，弘道侍云梁⑥。

① 神心：魂与心。② 捐玦（jué）：抛弃玉玦。借此比喻因失望而捐弃信物。③ 洞：穿透。④ 静瑟：传说中用员山静木制的能召集万灵的宝瑟。⑤ 衮职：代指三公的职位。⑥ 云梁：高入云表的屋梁。此处代指隋王的王府。

清房洞已静，闲风伊夜来。
云生树阴远，轩广月容开。
宴私移烛饮，游赏藉琴台。
风猷①冠淄邺②，衽舄③愧唐枚。

① 风猷（yóu）：风教德化。② 淄邺：临淄与邺城。③ 衽舄（rèn xì）：衣襟和鞋子。

方池含积水，明月流皎镜。
规荷①承日泫②，影鳞与风泳。
上善叶渊心③，止川测动性。
幸是方春来，侧点游濠盛。

① 规荷：圆荷。② 泫：露珠晶莹的样子。③ 渊心：渊深的内心。

浮云西北起，飞来下高堂。
合散轻帷表，飘舞桂台阳。

遥阶收委羽,平地如夜光。
眷言金玉照,顾惭兰蕙芳。

睿心重离析,歧路清江隈。
四面寒飙举,千里白云来。
川长别管思,地迥翻旗回。
还顾昭阳阙,超远章华台。
置酒巫山日,为君停玉杯。

桂楼飞绝限,超远向江岐。
轻寒雰广甸,微风散清漪。
连连绝雁举,渺渺青烟移。
严城乱芸草,霜塘凋素枝。
气爽深遥瞩,豫永聊停曦。
即已终可悦,盈樽且若斯。

炎光缺风雅,宗霸①拯时沦。
龙德②待云雾,令图③方再晨。
岁远荒城思,霜华宿草陈。
英威遽如是,徘徊歧路人。

① 宗霸:诸侯王。② 龙德:天子之德。③ 令图:远大的谋略。

念深冲照广,业阐清化玄。
端仪穆金殿,敷教藻琼筵。
船湛轻帷蔼,磬转芳风旋。

卷縴栖道树，方津棹法舷。
归兴凭大造，昭途良易筌。

分悲玉瑟断，别绪金樽倾。
风入芳帷散，缸华兰殿明。
想折中园草，共知千里情。
行云故乡色，赠此一离声。

年华豫已涤，夜艾①赏方融。
新萍时合水，弱草未胜风。
闺幽瑟易响，台迥月难中。
春物广余照，兰萱佩未穷。

① 夜艾：夜深。

连漪映余雪，严城限深雾。
清寒起洞门，东风急池树。
神居望已肃，徘徊举冲趣。
栖归如迟咏，丘山不可屡。

和纪参军服散①得益

金液②称九转③，西山歌五色。
炼质④乃排云，濯景终不测。
云英⑤亦可饵，且驻羲和⑥力。

能令长卿卧，暂故遇真识。

① 散：指五石散。② 金液：古代方士炼的一种服之可以成仙的丹液。③ 九转：道教谓丹的炼制有一至九转之别，循环一次为一转，以九转为贵。④ 炼质：冶炼。⑤ 云英：仙药的一种。⑥ 羲和：古代神话中太阳的御者。

和王中丞闻琴

凉风吹月露，圆景动清阴。
蕙风入怀抱，闻君此夜琴。
萧瑟满林听，轻鸣响涧音。
无为澹容与，蹉跎江海心。

将发石头①上烽火楼

徘徊恋京邑，踯躅躧②曾阿③。
陵高迟关④近，眺迥风云多。
荆吴阻山岫，江海含澜波。
归飞无羽翼，其如离别何。

① 石头：石头城，建康城西石头山上之要塞。② 躧（xǐ）：登。③ 曾：通"层"。④ 迟关：当作"墀阙"，皇宫。

望三湖

积水照赪霞,高台望归翼。
平原周远近,连汀见纡直。
葳蕤向春秀,芸黄共秋色。
薄暮伤哉人,婵媛①复何极。

① 婵媛(yuán):牵连;萦牵。

送江水曹①还远馆

高馆临荒途,清川带长陌。
上有流思人,怀旧望归客。
塘边草杂红,树际花犹白。
日暮有重城,何由尽离席。

① 江水曹:即江拓,曾任尚书水部郎。

送江兵曹、檀主簿、朱孝廉还上国

方舟泛春渚,携手趋上京。
安知暮归客,讵忆山中情。
香风蕊上发,好鸟叶间鸣。
挥袂送君已,独此夜琴声。

临溪送别

怅望南浦时,徙倚北梁步。
叶上凉风初,日隐轻霞暮。
荒城迥易阴,秋溪广难渡。
沫泣岂徒然,君子行多露。

后斋迥望

高轩瞰四野,临牖眺襟带。
望山白云里,望水平原外。
夏木转成帷,秋荷渐如盖。
巩洛①常睠然②,摇心似悬旆。

① 巩洛:代指通都大邑。② 睠然:顾恋的样子。

与江水曹至干滨戏〔一〕

山中上芳月,故人清樽①赏。
远山翠百重②,回流映千丈。
花枝聚如雪,芜丝③散犹网〔二〕。
别后能相思,何嗟异封壤④。
〔一〕《玉台》作别江水曹。 〔二〕一作垂藤散似网。

① 清樽：酒器。此处借指清酒佳酿。② 百重：层层叠叠。
③ 芜丝：杂草丝。④ 封壤：疆域；疆界。

答沈右率诸君饯别

春夜别清樽，江潭复为客。
叹息东流水，如何故乡陌。
重树日芬蒀，芳洲转如积。
望望荆台下，归梦相思夕。

离夜同江丞王常侍作

玉绳隐高树，斜汉耿层台。
离堂华烛尽，别幌清琴哀。
翻潮尚知限，客思耿难裁。
山川不可梦，况乃故人杯。

祀敬亭山庙

剪削①兼②太华，峥嵘跨玄圃③。
贝阙④眠阿⑤宫，薜帷⑥阴网户⑦。

参差时未来,徘徊望沣浦。
椒糈若馨香,无绝传终古。

①剪削:山的峻峭的样子。②兼:并。③玄圃:神山,在昆仑之上。④贝阙:以紫贝为装饰的官阙,为河伯所居。⑤阿:水边。⑥薛帷:以香草为帷帐。⑦网户:指其户镂刻如网状。

出下馆〔一〕

麦候①始清和,凉雨销炎燠。
红莲摇弱荇,丹藤绕新竹。
物色盈怀抱,方驾娱耳目。
零落既难留,何用存华屋。

〔一〕一作夏日。

①麦候:指孟夏。

落日同何仪曹煦

参差复殿①影,氤氲②绮罗杂。
风入天渊池③,芰荷④摇复合。
远听雀声聚,回望树阴沓⑤。
一赏桂尊前,宁伤蓬鬓飒。

①复殿：重叠的宫殿。②氛氲：繁盛的样子。③天渊池：在皇宫华林园内。④芰荷：指菱叶与荷叶。⑤杳：重叠。

夜听妓二首

琼闺钏响闻，瑶席芳尘满。
要取洛阳人，共命江南管。
情多舞态迟，意倾歌弄缓。
知君密见亲，寸心传玉碗。

上客光四座，佳丽值千金。
挂钗报缨绝，堕珥答琴心。
蛾眉已共笑，清香复入襟。
欢乐夜方静，翠帐垂沉沉。

咏蔷薇

低枝讵胜叶，轻香幸自通。
发萼初攒①紫，余采尚霏红。
新花对白日，故蕊逐行风。
参差不俱曜，谁肯盼微丛。

①攒：簇聚。

咏蒲

离离水上蒲,结水散为珠。
间厕秋菡萏,出入春凫雏。
初萌①实雕俎②,暮蕊杂椒涂。
所悲塘上曲,遂铄黄金躯。

① 初萌:指初生芽。② 雕俎:雕花的礼器,用盛食物。

咏兔丝

轻丝既难理,细缕竟无织。
烂漫已万条,连绵复一色。
安根不可知,萦心终不测。
所贵能卷舒,伊用蓬生直。

游东堂咏桐

孤桐北窗外,高枝百尺余。
叶生既婀娜,叶落更扶疏。
无华复无实,何以赠离居。
裁为珪与瑞,足可命参墟。

杂咏三首

镜台

玲珑①类丹槛②,苕亭③似玄阙④。
对凤⑤悬清冰,垂龙⑥挂明月。
照粉拂红妆,插花理云发。
玉颜徒自见,常谓君情歇。

① 玲珑:指雕镂空明。② 丹槛:红色的阑槛。③ 苕亭:高耸的样子。④ 玄阙:天门。⑤ 对凤:镜台上的装饰。⑥ 垂龙:镜台上的装饰。

灯

发翠斜汉①里,蓄宝宕山峰。
抽茎②类仙掌,衔光似烛龙。
飞蛾再三绕,轻花四五重。
孤对相思夕,空照舞衣缝。

① 斜汉:代指秋天向西南方向偏斜的银河。② 抽茎:露出灯芯。

烛

杏梁①宾未散,桂宫②明欲沉。
暖色轻帷里,低光照宝琴。
徘徊云髻③影,灼烁④绮疏金。
恨君秋月夜,遗我洞房阴。

① 杏梁:文杏木所制的屋梁。此处代指华丽的屋宇。② 桂

宫：西汉宫名。③ 云髻：古代妇女的一种发髻，高如云。④ 灼烁：光彩的样子。

同咏乐器得琴〔一〕

洞庭风雨干，龙门生死枝。
雕刻纷布濩①，冲响②郁清危。
春风摇蕙草，秋月满华池。
是时操别鹤，淫淫客泪垂。

〔一〕同王融、沈约。

① 布濩（huò）：遍布。② 冲响：指琴声高亢激昂。

同咏坐上玩器得乌皮隐几〔一〕

蟠木①生附枝②，刻削岂无施。
取则龙文鼎③，三趾献光仪④。
勿言素韦⑤洁，白沙尚推移。
曲躬奉微用，聊承终宴疲。

〔一〕同沈约。

① 蟠木：盘屈之木。② 附枝：多余的杂枝。③ 龙文鼎：刻有龙文之鼎。④ 光仪：光采和仪表。⑤ 素韦：白色的皮革。

同咏坐上所见一物得席[一]

本生潮汐池，落景照参差。
汀洲蔽杜若，幽渚夺江蓠。
遇君时采撷，玉座奉金卮。
但愿罗衣拂，无使素尘弥。
〔一〕同王融、虞炎、柳恽等。

咏竹火笼[一]

庭雪乱如花，井冰粲成玉。
因炎入貂袖，怀温奉芳褥。
体密用宜通，文邪①性非曲。
本自江南墟②，娉娟修且绿。
暂承君玉指，请谢阳春旭。
〔一〕同沈约。

① 文邪：指织成倾斜花纹。邪同"斜"。② 墟：村落。

咏风

徘徊登红萼，葳蕤动绿蕤①。
垂杨低复举，新萍合且离。
步檐行袖靡②，当户思襟披。

高响飘歌吹,相思子未知。
时拂孤鸾镜,星鬓③视参差。

①绿蓰(shī):绿草。②袖靡:衣袖随风而动。③星鬓:花白的鬓发。

咏竹

窗前一丛竹,青翠独言奇。
南条交北叶,新笋杂故枝。
月光疏已密,风来起复垂。
青扈①飞不碍,黄口②得相窥。
但恨从风箨③,根株长别离。

①青扈:即"桑扈",鸟名。又叫青雀、窃脂。②黄口:指雏鸟。③箨(tuò):竹皮。

咏落梅

新叶初冉冉①,初蕊新菲菲。
逢君后园燕,相随巧笑归。
亲劳君玉指,摘以赠南威②。
用持插云髻,翡翠比光辉。
日暮长零落,君恩不可追。

① 冉冉：柔弱下垂的样子。② 南威：古美女名。

咏墙北栀子

有美当阶树，霜露未能移。
金蕡①发朱采，映日以离离②。
幸赖夕阳下，余景及西枝。
还思照绿水，君阶无曲池。
余荣③未能已，晚实犹见奇。
复留倾筐德，君恩信未赀。

〇《乐府诗集》有《齐雩祭乐歌》八首，三、四、五言及七言、九言；《有所思》五言四句；《玉阶怨》五言四句；《王孙游》五言四句；《永明乐》十首，五言四句，均未抄。

① 金蕡（fén）：金黄色的果实。② 离离：清晰分明的样子。
③ 余荣：残花。

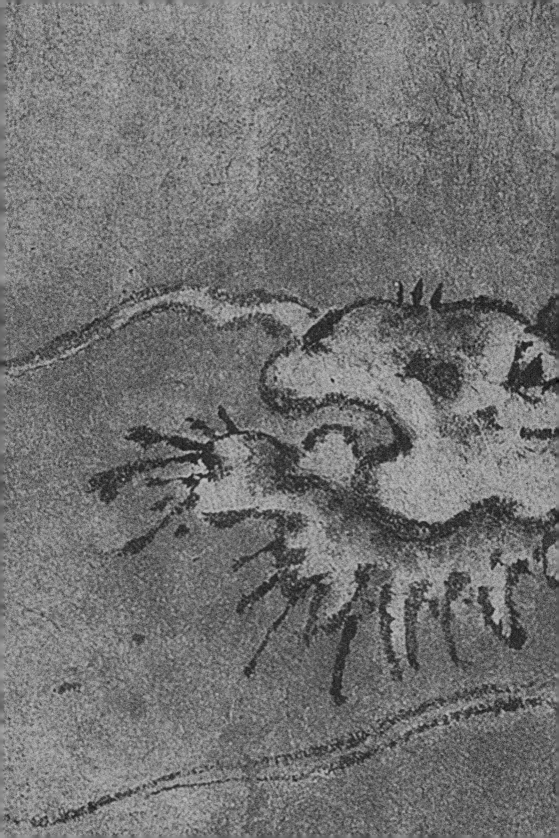